리처드 2세

이 도서는 2014년도 충북대학교 학술연구 지원사업의 연구비 지원에 의하여 연구되었음(This work was supported by the research grant of the Chungbuk National University in 2014).

한국셰익스피어학회 작품총서 034

리처드 2세
Richard II

윌리엄 셰익스피어 지음
황효식 옮김

도서출판 **동인**

발간사

    지금까지 셰익스피어 작품에 대한 번역은 끊임없이 다양한 동기에 의해 진행되어 왔다. 초창기 셰익스피어 작품 번역은 일본어 번역을 우리말로 옮기는 작업이었다. 일본이 서구에 대한 수용을 활발한 번역을 통해서 시도하였기 때문에 일본어를 공부한 한국 학자들이 번역을 하는데 용이했던 까닭이었다. 하지만 이 경우는 문학적인 차원에서 서구 문학의 상징적 존재인 셰익스피어를 문학적으로 소개하는 것이 목적이어서 문어체를 바탕으로 문장의 내포된 의미를 부연하게 되어 매우 복잡하고 부자연스러운 번역이 주조를 이루었던 것이 문제가 되었다.

    그 다음 세대로서 영어에 능숙한 학자들이나 번역가들이 셰익스피어 번역에 참여하게 되었다. 셰익스피어 작품에 대한 수많은 주(note)를 참조하여 문학적 이해와 해석을 곁들인 번역은 작품의 깊이를 파악하는데 많은 도움이 되었다고 볼 수 있다. 하지만 셰익스피어 작품을 무대에 올리는 배우들에게는 또 다른 문제가 생길 수밖에 없었다. 문학적 해석을 번역에 수용하는 문장은 구어체적인 생동감을 느낄 수 없었고, 호흡이 너무 길어 배우가 대사로 처리하기에 부적합하였다.

이런 문제점을 해결하기 위해서 번역가마다 각자 특별한 효과를 내도록 원서에서 느낄 수 있는 운율적 실험을 실시하기도 하였다. 그런 시도는 셰익스피어 번역에 새로운 분위기를 자아내었을 뿐 아니라 다양한 번역이 이루어져 나름의 의미가 있었다고 본다. 반면에 우리말을 영어식의 운율에 맞추는 식의 인위적 효과를 위해서 실험하는 것은 배우들이 대사 처리하기에 또 다른 부자연성을 느끼게 하였다.

  한국에서 셰익스피어를 연구하는 학자들이 모이는 한국셰익스피어학회에서 셰익스피어 탄생 450주년을 기념하여 셰익스피어 전작에 대한 새로운 번역을 시도하기로 하였다. 우선 이번 번역은 셰익스피어 원서를 수준 높게 이해하는 학자들이 배우들의 무대 언어에 알맞은 번역을 한다는 점에서 차별성을 두고자 한다. 또한 신세대 학자들이 대거 참여하여 우리말을 현대적 감각에 맞게 구사하여 번역을 하자는 원칙을 정하였다.

  시대가 바뀔 때마다 독자들의 언어가 달라지고 이에 부응하는 번역이 나와야 한다고 본다. 무대 위의 배우들과 현대 독자들의 언어감각에 맞는 번역이란 두 마리 토끼를 잡는 것은 그리 쉬운 일은 아니지만 매우 의미 있는 일일 것이다. 이번 한국 셰익스피어 학회가 공인하는 셰익스피어 전작 번역이 성공적으로 이루어지도록 뒷받침하는 도서출판 동인의 이성모 사장에게 심심한 감사의 뜻을 전하며 인문학의 부재의 시대에 새로운 인문학의 부활을 이루어내는 계기가 되리라 믿는다.

  2014년 3월
  한국셰익스피어학회 회장 박정근

옮긴이의 글

셰익스피어 탄생 450주년을 맞으며 한국셰익스피어학회에서는 셰익스피어 전작을 재번역하는 뜻 깊은 기획을 하게 되었다. 이미 기존 번역이 다수 나와 있지만 2010년대를 살아가며 새로운 언어감각에 맞는 번역의 필요성과 함께 셰익스피어의 극이 무대를 위해 쓰인 만큼 번역도 무대 언어에 맞게 이루어져야 한다는 것이 새로운 번역을 시도하는 이유였다. 평소 대학에서 셰익스피어를 연구하며 가르치던 역자도 이러한 취지에 공감하여 셰익스피어를 기념하는 의미 있는 시기에 셰익스피어 전작 번역이라는 대 기획에 기꺼이 동참하게 되었다. 특히 셰익스피어 작품의 번역은 역자가 애정을 가지고 참여하였던 셰익스피어 원어 공연 및 시민 강좌들과 함께 셰익스피어를 통해 일반 독자들과의 만남을 가능케 해준다는 점에서 셰익스피어 전공자인 역자로 하여금 큰 보람과 매력을 느끼게 해주었다.

주지하다시피 셰익스피어 극은 시극(poetic drama)으로 쓰여 있어서 운문의 리듬을 밟는다. 최근에는 번역에서도 셰익스피어 극의 시적 리듬감을 살려내야 한다는 주장들이 주목을 받고 있고, 또 그러한 시도들이 실제로 이루어지고 있다. 이 작품을 번역을 하면서 역자도 이러한 주장들을 염두에 두었다. 하지만 약강오보격(iambic pentameter)으로 쓰여진 원문을 그대로 자연스런 우리말의 리듬으로 옮겨내는 것은 역자의 능력을 넘어서는 일이었다. 그리고 원작에 나오는 중요한 개념어들, 또 단어들 간의 이미지나 상징적 의미의 연결들을 모두 살리면서 동시에 무대 언어로 표현하고자 하는 작업 중에 번역자로서의 고충도 많이 느꼈다. 예컨대 자연스러운 우리말의 리듬과 문장의 스타일을 따르다 보면 불가피하게 의역을 하게 되고, 그렇게 의역을 하다 보면 원작이 가지고 있는 본래의 언어적 의미가 훼손되기가 십상이었다. 이 경우 역자는 셰익스피어 작품을 한국인 독자 또는 관객이 여하튼 번역본이라는 것을 알고 받아들인다는 것을 전제로 어감 상 다소 어색해 보여도 의역보다는 직역을 선호하는 편이 있었음을 밝혀둔다.

하지만 이렇게 어려운 경우들을 제외하고는 대체로 새 번역의 취지에 맞추어 원작이 가지고 있는 시극의 분위기를 살리는 동시에 오늘날의 어감과 무대 언어로서의 양식에 맞는 번역을 하고자 시도하였다. 초고 단계에서 충북대 영문과 대학원생인 송숙인 양이 원고를 꼼꼼히 읽고 독자 입장에서 좋은 제안을 많이 해주었다. 이 자리를 빌려 감사의 뜻을 표한다. 번역을 위해 옥스퍼드 판, 리버사이드 판, 시그넷 클래식 판 등을 참고하였으며, 이 중 시그넷 클래식 판을 중심 텍스트로 삼았다.[*] 그리고 기존의 한국어 번역판들도 역자의 번역에 대한 검증이 필요한 경우 일부 참고하였다. 이제 번역의 결과물을 마주하고 보니 스스로 보아도 만족스럽지 못한 데가 많아 부끄러운 마음

---

[*] Anthony B. Dawson and Paul Yachnin. ed. *The Oxford Shakespeare: Richard II* (New York: Oxford UP, 2011); Herschel Baker et al. ed. *The Riverside Shakespeare* (New York: Houghton Mifflin, 1997); Kenneth Muir ed. *The Tragedy of King Richard the Second* (New York: Signet Classic, 1999)

이 앞선다. 하지만 번역을 계기로 셰익스피어의 작품을 각별히 꼼꼼히 읽으며 상응하는 우리말을 찾아가는 가운데 언뜻언뜻 누린 충만했던 시간들을 생각하면 이러한 부끄러움도 어느 정도는 상쇄될 수 있을 것 같다. 아무쪼록 이번 셰익스피어 전작 번역이 셰익스피어 독자층의 저변확대와 공연 활성화에 새롭게 기여할 수 있는 계기가 되기를 바란다.

2016년 10월

황효식

| 차례 |

등장인물

리처드 2세		
에드먼드	요크 공작	⎤
곤트의 존	랭커스터 공작	⎦ 리처드의 숙부들
헨리 볼링브루크	곤트의 아들	

오멀 공작	요크의 아들
토마스 모브레이	노포크 공작
솔즈베리 백작	
버클리 백작	
존 부시 경	
윌리엄 배고트 경	⎤ 리처드의 총신들
헨리 그린 경	
노섬벌랜드 백작	
해리 퍼시	노섬벌랜드의 아들
로스 경	
윌로우비 경	
카알라일 주교	
스티븐 스크루프 경	
피츠워터 경	
서리 공작	
웨스트민스터 사원장	
엑스턴의 피어스 경	
의전관	
웨일즈 군 부대장	
이사벨 왕비	리처드의 두 번째 부인
글로스터 공작부인	곤트의 제수
요크 공작부인	
왕비의 시녀들	

정원사, 간수, 마부, 고관들, 사자들, 장교들, 병사들, 수행원들, 하인들

장소: 영국과 웨일즈

1막

1장

리처드 왕, 곤트의 존, 다른 귀족들 및 수행원들과 함께 등장.

리처드 곤트의 존 어르신, 유구한 전통의 랭커스터 공작,

공은 맹세와 서약에 따라

공의 대담한 아들, 헨리 허포드를 여기 데려오셨소?

짐이 그간 다망하여 듣지 못했던

5 　노포크의 공작, 토마스 모브레이에 대한

시끄러운 최근의 공소를 이 자리에서 이행하기 위해서 말이오.

곤트 그리하였나이다. 폐하.

리처드 말해 보시오, 게다가, 아들의 의중을 알아보았소?

오래된 원한으로 말미암아 공작을 고소했는지,

10 　아니면 응당, 충직한 신하가 그러하듯이,

공작에게서 어떤 확실한 반역의 증거가 있어서인지.

곤트 그 문제에 대해 소신이 가장 가까이서 알아본 바에 따르면

모브레이가 폐하께 끼칠 어떤 확실한 위험 때문이지,

뿌리 깊은 원한 때문은 아닙니다.

15 **리처드** 그러면 그들을 짐 앞에 부르시오. 얼굴에 얼굴을 맞대고,

찌푸린 눈썹에 눈썹을 맞대고,

짐은 원고와 피고가 자유롭게 말하는 것을 들을 것이오.

둘 다 사기충천하고, 분노로 가득차고,

격정에 사로잡혀, 바다처럼 막무가내이고, 불처럼 다급하구나.

볼링브루크와 모브레이 등장.

볼링브루크 만수무강 하옵소서   20

은혜로우신 주군, 가장 경애하는 폐하!

모브레이 나날이 더욱 행복하옵소서,

하늘이 지상의 행운을 시기하여

불멸의 칭호를 폐하의 왕관에 보탤 때까지!

리처드 두 분 모두 고맙소. 하지만 한 사람은 짐에게 허언을 하고 있소.   25

서로를 대역죄로 고발하려고

두 사람이 온 걸로 짐작해 보니 말이오.

허포드의 사촌, 그대는 노포크 공작, 토마스 모브레이에 대해

어떤 소송을 제기하려는가?

볼링브루크 우선―하늘이 제 말씀을 보증해 주시기를!―   30

제가 모시는 군주의 소중한 안전을 돌보며,

잘못된 증오의 마음을 품지 않고,

한 신하의 사랑을 다 바쳐

저는 원고로서 폐하의 면전에 나섰나이다.

자, 토마스 모브레이, 네게 하는 말이니   35

잘 들어두어라. 내가 하는 말에 대해서는

내 몸이 이 지상에서 입증하거나

아니면 나의 성스런 영혼이 하늘에서 응답할 것이다.

너는 반역자이고 악당이다. 신분을 보니 그럴 것 같지 않다만,

40 　죄질이 너무 나쁘니 살려둘 수가 없구나.

하늘이 수정처럼 쾌청할수록

하늘에 떠있는 구름이 더 추하게 보이는 것이지.

다시 한 번, 네 죄를 가중 문책하여,

더러운 반역자의 이름을 네 목구멍에 처넣으며,

45 　바라건대―폐하께서 허락하시면―내가 떠나기 전에

내 혀가 한 말을 내 정의의 칼이 입증케 할 것이다.

모브레이 냉정하게 말한다고 해서 열정이 없다고 탓하지 마십시오.

아낙네의 싸움을 심판하는 것이 아니니,

두 혀가 맹렬하게 소란을 떨어,

50 　저희 둘 사이의 문제가 해결될 수 있는 게 아닙니다.

이 일은 뜨거운 피가 차갑게 식어야 끝날 것입니다.

숨을 죽이고 아무 말도 하지 않는

비굴한 인내심을 자랑할 수는 없습니다.

우선, 폐하께 존경심 때문에

55 　하고픈 말을 다 못하고 자제하고 있는데,

그렇지 않았던들 바로 내달려 반역의 말들을

갑절로 저자의 목구멍에다 되돌려 주었을 것입니다.

저자가 왕손의 혈통이라는 것을 제쳐둔다면,

또 저자가 폐하의 친척이 아니라고 한다면,

60 　저는 저자에게 도전하며, 저자에게 침을 뱉고,

저자를 모략하는 겁쟁이, 악당이라고 부르겠습니다.

이를 주장하기 위해 저는 불리한 조건에서도

저자와 맞서겠습니다. 제가 설령 알프스의 눈 덮인 꼭대기까지

또는 여태껏 영국인이 감히 발걸음을 내디딘

사람이 살 수 없는 어떤 땅까지   65

맨발로 달려야 한다고 하더라도 말입니다.

그동안은, 이 검이 저의 충정을 지킬 것입니다.

저의 모든 희망에 맹세코, 저자는 가장 그릇된 거짓말을 하고 있

　습니다.

볼링브루크　하얗게 질려 떨고 있는 비겁한 놈,

왕의 친척이라는 권리를 버리며, 장갑을 저기 던진다.   70

그리고 존경해서가 아니라, 두려워서 네가 핑계로 삼는

내 왕손의 혈통을 내려놓는다.

만일 죄의 두려움이 네게 내 명예의 징표를

집어 들만한 힘을 남겨주었다면, 허리를 굽혀 집어라.

이러한 절차와 그 외의 모든 기사도의 의례에 따라,   75

내가 말한 것을 내 너에게 무력엔 무력으로 맞서 입증해주리라,

아니면 네놈이 더 나쁜 일을 꾸밀 수도 있을 것이니 말이다.

모브레이　장갑을 집겠다. 그리고 내 어깨에

기사 작위를 내려 준 검에 걸고 맹세하노니

결투에 따르는 기사도의 공정한 방법이나   80

격식에 따라 내 너를 상대해 주겠다.

그리고 만일 내가 역적이거나 정당하게 싸우지 않는다면,

올라 탄 말에서 살아 내려오지 않을 테다.

리처드 내 사촌은 무슨 혐의로 모브레이를 고발하는 것이오?

85   그에게 역심이 있다고 내가 생각할 만큼

        중대한 것이어야만 하오.

볼링브루크 목숨을 걸고 진실임을 입증할 것이니,

        제가 드리는 말씀을 잘 들어 보십시오.

        모브레이는 폐하의 군사들을 위한

        급여를 명목으로 8천 노블을 받아,

90   부정한 역적과 부당한 악당이 그렇듯이

        저급한 용도로 쓰기 위해 그 돈을 가로챘습니다.

        게다가, 말씀드리오니, 결투에서 밝혀지겠지만,

        여기서든, 또는 영국의 눈길이 닿은 적이 있는

        먼 변방의 어느 다른 곳에서든,

95   지난 18년 간 이 땅에서

        획책되고 모의된 온갖 반역들의 발원지는

        모두 이 불충한 모브레이라는 것입니다.

        더욱이, 이를 입증하기 위해

        저자의 사악한 목숨에 걸고 주장하오니,

100   저자는 글로스터 공작의 죽음을 획책하고,

        귀가 얇은 그의 정적들을 선동하여,

        마침내, 비겁한 반역자처럼

        무고한 공작의 영혼을 피의 강물에 흘려 보내버린 것입니다.

        그 피는, 하느님께 제물을 바치던 아벨[1]의 피처럼,

---

1. 하느님께 아벨은 동물을, 카인은 곡물을 제물로 바쳤는데, 하느님은 아벨의 제물을

혀 없는 흙무덤에서도,

제게 공의와 징벌을 내려달라고 외칩니다.

제 혈통의 영예에 걸고,

이 팔로 그 일을 하던가, 아니면 이 목숨을 바칠 것이옵니다.

리처드 결의의 기세가 하늘을 찌르는구나.

토마스 모브레이, 그대는 이에 대해 무어라 답할 것이냐?   110

모브레이 아, 폐하께서는 용안을 돌리시고

잠시 귀를 막고 계십시오.

하느님과 선량한 사람들이 얼마나 이 더러운 거짓말쟁이를 미워
    하는지

제가 왕손인 저자의 혈통을 욕보이는 말을 하는 동안에 말입니다.

리처드 모브레이, 짐의 눈과 귀는 공평하다.   115

볼링브루크가 나의 형제, 아니 내 왕국의 후계자라고 해도 말이다.

그는 단지 내 아버지의 아우의 아들에 불과하다.

자, 내 왕홀의 위엄에 걸고 맹세하노니,

짐의 성스러운 피와 가깝다는 것이

그에게 어떤 특전도 주지 않을 것이며,   120

확고한 나의 곧은 영혼을 편향되게 하지도 않을 것이다.

그는 나의 신하이고, 모브레이, 자네도 그러하니,

내 그대에게 자유롭고 담대하게 말하기를 허하노라.

모브레이 그러면, 볼링브루크, 너는 거짓된 네 목구멍을 통해,

더 선호하셨다. 그리하여 질투심으로 인해 카인은 아벨을 죽인다. 땅에서 정의를
부르짖는 아벨의 피는 여기서 글로스터의 피와 비교된다. 창세기 4장 참고.

125 네 심장까지 낮게 내려가 거짓말을 하는구나.

칼레에서 받은 금액의 4분의 3을

폐하의 병사들에게 정당히 지불하였고,

나머지는 동의 하에 내가 보유했던 바,

내가 왕비를 모셔오기 위해 지난번 프랑스로 갔던 이래

130 폐하께서 내게 빚진

부채가 상당히 많이 남아 있었기 때문이다.

자, 그 거짓말은 집어치워라. 글로스터의 죽음에 대해 말하자면,

나는 그를 살해하지 않았다. 하지만 불명예스럽게도

그 일과 관련해 내가 서약한 의무를 제대로 지키지 못하였다.

135 제 적의 영예로운 부친이신,

고귀한 랭커스터 경, 당신께 대해서는

제가 목숨을 노리고 매복을 한 적이 있사온데,

그 죄로 지금도 몹시 후회하며 양심의 가책을 받고 있습니다.

하지만, 지난번 성체를 받기 전에

140 그 일을 고백하였고, 분명히 공작님께 용서를 빌었으니,

제가 용서를 받았기를 바랍니다.

이것이 저의 과오입니다. 나머지 고발들은

악당이자, 변절자며, 가장 타락한 배신자의

악감에서 나온 것입니다.

145 이에 소신은 몸소 담대히 맞서며,

저 건방진 역적의 발에

장갑을 답례로 내리 던져

제 자신이 충성스런 귀족이라는 것을

저자의 심장에 담겨있는 최상의 피로 입증할 것입니다.

이에 서둘러, 충심으로 바라오니,   150

폐하께서는 저희들의 결투 날짜를 정해 주십시오.

리처드 분노에 불타는 경들, 내 말을 들으시오.

피를 흘리지 말고 이 노기를 씻어냅시다.

의사는 아니지만, 짐은 이렇게 처방하오.

원한의 병소가 깊으면 절개도 아주 깊게 해야 하니,   155

잊어버리고, 용서하고, 마무리 짓고, 화해하시오.

의사들은 이 달엔 피를 흘리지 말아야 한다고 하오.

숙부님, 이 일은 원점으로 되돌려 없는 일로 합시다.

짐은 노포크 공작을, 숙부님은 아드님을 달래시지요.

곤트 중재를 하는 것이 내 나이에 어울릴 것이오.   160

아들아, 노포크 공작의 장갑을 아래로 던져라.

리처드 그러면 노포크도 저 사람의 것을 던지시오.

곤트   자, 해리, 어서.

복종의 명은 되풀이 하는 법이 아니다.

리처드 노포크, 던져라. 명하노니―소용없는 일이다.

모브레이 경외하는 폐하, 제 자신을 폐하의 발 앞에 던집니다.   165

소신의 삶은 폐하께서 주관할 수 있으나, 소신의 치욕은

    그러실 수 없습니다.

제 삶은 당신의 것이오나, 죽음을 넘어서서

소신의 무덤 위에 살고 있을 저의 공정한 이름은

폐하께서 불명예스럽게 하실 수 없는 것이옵니다.

170 소신은 여기서 치욕을 당하고, 탄핵을 받고, 망신을 당하고

비방의 독이 묻은 창에 영혼을 찔렸으니,

이 독을 뿜어내는 저자의 심장의 피가 아니면

어떤 향유도 이 상처를 치유할 수 없을 것입니다.

리처드 분노를 억제하시오.

그자의 장갑을 내게 주시오. 사자가 표범을 순하게 만드는

법이오.

175 **모브레이** 예, 하지만 표범의 얼룩은 바꿀 수 없지요. 저의 치욕을

가져가신다면,

저는 제 장갑을 취하하겠습니다. 경애하는 폐하,

유한한 삶이 줄 수 있는 가장 순수한 보물은

결백한 명예입니다. 그것이 없으면

인간은 금을 칠한 찰흙이거나 채색한 진흙에 불과합니다.

180 몇 겹으로 잠긴 상자에 있는 보석은

충성스런 자의 가슴에 있는 담대한 영혼입니다.

저의 명예는 저의 생명이고 그 둘은 하나입니다.

그러니 명예를 앗아가면 저의 생명도 끝납니다.

그러니 폐하, 제게 명예를 시험토록 해주시옵소서.

185 소신은 명예에 살고, 명예에 죽습니다.

리처드 사촌, 자네 장갑을 위로 던지게. 자네가 먼저 시작하게.

볼링브루크 아, 하느님 그런 중죄로부터 제 영혼을 지켜주소서.

제가 제 아버지의 면전에서 의기소침한 듯한 모습을 보여야

되겠습니까?

아니면 이 겁먹은 비열한 앞에서 거지처럼

창백히 질려 제 신분을 욕되게 해야겠습니까? 제 혀가   190

그렇게 나약한 굴종으로 제 명예를 손상케 하거나

그런 저급한 화해를 제안하느니, 차라리 제 이빨로

두려워 철회하는 비열한 혀를 물어뜯어,

치욕이 정박하고 있는 거기, 모브레이의 얼굴에다

아주 망신스럽게 피 흘리는 혀를 뱉어 버리겠습니다.   195

곤트 퇴장.

리처드 짐은 태생 상 간청하는 자가 아니라 명령하는 자이니라.

너희들을 화해시킬 수 없으니,

성 램버트 절²에 코벤트리에서,

너희들의 목숨을 걸고, 대령하도록 하라.

그곳에서 너희들의 검과 창이   200

그동안 너희들이 쌓아온 숙원의 시비를 가려줄 것이다.

짐이 너희들을 화해시킬 수 없으니,

기사도에 따른 결투로 정의가 승자를 정하는 것을 보겠노라.

의전관, 짐의 무관들에게 명하여

이 내부 비상사태의 처리에 만전을 기하도록 하시오.   205

---

2. 성 램버트 절은 9월 17일이다.

2장

런던. 곤트의 집.

곤트의 존이 글로스터 공작부인과 같이 등장.

곤트　아, 우드스톡과 나눈 나의 혈통이

제수씨의 절규보다도 더 강하게

아우를 학살한 자들에게 맞서 일어나라고 재촉합니다.

하지만 징계의 권한이 왕의 손에 있어

5　그 손이 잘못을 범해도 우리가 징계할 수 없으니

우리들의 시시비비는 하늘의 뜻에 맡깁시다.

하늘은 때가 지상에서 무르익음을 아시면,

범죄자들의 머리에 뜨거운 복수의 비를 내려주실 것이오.

공작부인　형제의 정 때문에 복수의 박차가 더 날카로워지진 않던가요?

10　당신의 늙은 피에는 불타는 형제애도 없는 건가요?

당신도 그 중 한 분이지만, 에드워드 왕의 일곱 아들은,

그분의 성스런 피를 담은 일곱 개의 유리병이거나,

또는 한 뿌리에서 난 일곱 개의 좋은 가지였습니다.

그런데 일곱 중 몇 개는 자연의 순리에 의해 메말라 버리고,

15　그 중 몇 개 가지는 운명의 여신들에 의해 잘리고 말았습니다.

하지만, 나의 낭군, 나의 생명, 나의 글로스터는,

에드워드의 성스런 피로 가득 찬 유리병 하나요,

가장 충성스러운 뿌리에서 나와 무성하게 자란 가지 하나인데,

병은 깨어져, 소중한 혈액이 모두 새버렸고,

가지는 베어져 버려, 여름날의 잎사귀들이 질시의 손과   20

살인의 잔혹한 도끼에 의해 모두 시들어버렸습니다.

아, 곤트, 그이의 피는 당신의 피에요.

당신을 만든 그 침상과, 그 자궁, 그 기질, 그 동일한 모태가

그이를 사람으로 만들었습니다. 그래서 당신이 살아 숨 쉰다 해도

당신은 그이 속에서 살해당한 것입니다. 당신의 아버지와 꼭 닮은   25

불쌍한 당신의 아우가 죽는 것을 보고만 있으시니

당신은 당신의 아버지의 죽음에 상당 부분

동의하신 거나 다름없습니다.

그걸 인내라고 부르지 마세요, 곤트. 그건 절망이에요.

이렇게 당신의 아우가 살해되는 것을 용인함으로써   30

당신은 험상궂은 살해자에게 당신을 도살하는 방법을 가르치며

당신의 생명을 내어주는 거예요.

비천한 사람에게서 우리가 인내라고 칭하는 것은

귀족의 가슴에서는 희미하고 차가운 비겁이지요.

무어라 말씀드려야 할지요? 당신의 목숨을 지키기 위한   35

최상의 방법은 내 남편 글로스터의 죽음에 복수를 하는 겁니다.

곤트 심판은 하느님이 하실 것이오. 하느님의 대리인,

하느님이 보시는 앞에서 성유도식을 받은 하느님의 대표자가

아우를 죽게 했으니, 만일 그것이 잘못된 것이라면,

| 40 | | 내가 분노한 팔을 하느님의 대행자에게 |
| | | 절대 치켜 들 수 없으니, 복수는 하늘에 맡깁시다. |

공작부인 아, 그러면 누구에게 하소연을 하지요?

곤트 미망인의 수호자이자 보호자이신 하느님께 하시오.

공작부인 그럼, 그렇게 하지요. 안녕히 가세요. 곤트 아주버님.

45 당신은 코벤트리로 가셔서 우리 조카 허포드가

잔인한 모브레이와 싸우는 것을 보세요.

아, 내 남편의 한이 허포드의 창에 내려

도살자 모브레이의 가슴팍을 뚫기를 바라요.

아니면, 만일 불운하여 첫 번째 교전을 놓친다면,

50 모브레이의 가슴 속에 있는 무거운 죄가

거품을 뿜는 그자의 말의 등뼈를 부러뜨려,

마상의 그놈을 경기장에 곤두박이로 내동댕이치기를 바라요.

내 조카 허포드에게 사로잡힐 그 비겁한 악당 놈을 말입니다.

잘 가세요. 곤트 아주버님. 한때 당신 아우의 아내는

55 슬픔을 벗 삼아 삶을 마감해야겠습니다.

곤트 제수씨, 안녕히 계세요. 나는 코벤트리로 갑니다.

잘 지내세요, 나도 잘 갈 테니.

공작부인 하지만 한 말씀만 더요. 슬픔은 공처럼 떨어지는 자리에서

튀어 오르지요.

텅 빈 울림이 아니라 무게를 가지고 말입니다.

60 슬픔은 끝난 듯 보여도 끝나지 않으니,

시작도 하기 전에 저는 작별을 고합니다.

당신의 아우이신 에드먼드 요크님께 안부 전해 주세요.

자, 이게 전부예요. 아니, 아직 떠나지 마세요.

비록 이게 전부지만, 그렇게 빨리 가시진 마세요.

더 생각해 낼 것이 있을 것 같아서. 그분께 . . . 아 뭐더라?   65

속히 플래쉬로 저를 찾아와 달라고 말씀해 주세요.

슬프구나! 선량하신 요크 아주버님이 보시게 될 것은

텅 빈 방과 장식이 없는 벽,

사람도 없는 사무실, 발길이 끊어진 돌길 뿐.

저의 신음소리 밖에 무슨 환영의 소리를 들으실까?   70

그러니 제 안부를 전하시고, 도처에 있는 슬픔을 찾아,

그곳으로 오시진 말라고 해주세요.

쓸쓸하고, 쓸쓸하게 이제 저는 죽으려 해요!

슬피 우는 저의 눈이 당신께 마지막 작별을 고합니다.

[퇴장.]

3장

코벤트리에 있는 마상 경기장.

의전관 그리고 오멀 공작 등장.

의전관 오멀 경, 해리 허포드는 무장하였습니까?

오멀 예, 만반의 준비를 마치고, 입장하기를 고대하고 있습니다.

의전관 노포크 공작도 사기충천하여

원고의 나팔 소리만을 기다리고 있습니다.

5 **오멀** 자, 그러면 투사들은 준비되었고,

이제 폐하가 오시기만을 기다리고 있습니다.

나팔소리가 울리고, 왕이 [곤트, 부시, 배고트, 그린을 포함한]
귀족들과 함께 입장한다.
그들이 착석하자, 피고, [모브레이,] 노포크 공작,
그리고 [전령 한 사람]이 등장한다.

리처드 의전관, 저기 투사에게

무장을 하고 여기에 온 이유를 물어보라.

그의 이름을 물어보고, 규칙에 따라

10 그의 명분이 정당함을 맹세하게 하라.

의전관 하느님과 국왕의 이름으로 묻노니, 그대는 누구인가?

또 왜 이렇게 기사의 복장으로 무장을 하고 왔으며,

누구를 대적하며, 시비를 가릴 문제는 무엇인가?

그대의 기사도와 맹세에 걸고 진실하게 말하라.

그러면 하늘과 그대의 용기가 그대를 지켜줄 것이다.   15

모브레이 내 이름은 토마스 모브레이, 노포크 공작이오.

하느님께서 어기는 것을 금하시는

기사도의 서약에 따라 나 이리로 왔소이다!

나를 고소한 허포드 공작에게 대항하여

하느님과 나의 왕과 나의 후손들에 대한   20

내 충성과 진실을 지키는 것과 함께,

하느님의 은총과 나의 이 팔로,

나 자신을 보호하면서 그자가

나의 하느님, 나의 왕, 그리고 나에 대해 반역자임을 입증하고자 하오.

그러니 하늘이시여, 제가 진실하게 싸울 때 저를 지켜주소서!   25

나팔소리 울린다. 원고, [볼링브루크,]
허포드 공작, 무장을 하고 등장.

리처드 의전관, 저기 무장을 한 기사에게 물어보시오.

그가 누구인지, 이렇게 전쟁 복장을 하고

왜 이리로 왔는지,

그리고 격식을 갖추어, 우리의 법에 따라,

그의 명분이 정당하다는 것을 서약케 하시오.   30

의전관 그대의 이름은 무엇이오, 그리고 왜 여기

리처드 왕의 마상 경기장에 온 것이오?

누구에게 대항해 온 것이오, 그리고 그대가 가릴 시비는 무엇이오?

진실한 기사답게 말하시오, 하늘이 그대를 지켜주실 것이니.

35 **볼링브루크** 소인 허포드, 랭커스터 그리고 더비 공작 해리는

하느님의 은총과 내 육신의 용기로

경기장에서 노포크 공작, 토마스 모브레이가

하느님과, 리처드 왕 그리고 소인에게

더럽고 위험한 반역자라는 것을 입증하기 위해

40 여기 무장을 한 채 준비하고 서 있나이다.

저는 진실하게 싸울 것이니, 하늘이시여 저를 지켜주소서!

의전관 죽음을 각오하지 않고는,

누구도 이 경기장에 범접하지 마시오.

이 공정한 일을 관장하도록 임명된

45 의전관과 해당 관리들을 제외하고 말이오.

볼링브루크 의전관, 내가 군주의 손에 입을 맞추고,

내 무릎을 폐하 앞에 꿇게 허락해 주시오.

모브레이와 나는 길고도 고달픈 순례를 떠나기로

맹세하는 두 사람과 같소.

50 그러니 이별의 예식을 하며

여러 친구들과 정감어린 작별을 하게 허락해 주시오.

의전관 원고가 충성을 다해 폐하께 인사를 하고,

폐하의 손에 입맞춤을 구하며 작별을 고합니다.

리처드 짐이 내려가 그를 내 품에 안겠소.

55 사촌 허포드, 그대의 명분이 옳은 만큼,

이 어전 경기에서 행운이 있기를.

안녕히, 나의 혈육이여. 만일 오늘 그대가 피를 흘린다면,

짐은 애통해 하겠지만, 그대의 죽음에 복수를 하지는 않을 것이오.

볼링브루크 만일 소신이 모브레이의 창에 맞는다면,

고귀하신 눈으로 한 방울의 눈물도 욕되게 하지 마십시오. 60

새를 잡으러 날아가는 매처럼 자신 있게, 소신은

모브레이와 싸우겠습니다.

경애하는 폐하, 소신 작별을 고하나이다.

나의 사촌 오멀 경, 당신에게도.

죽음이 걸린 일이긴 하나, 불편한 기색 없이, 65

원기 있고, 씩씩하게, 그리고 쾌활하게 숨 쉬며 말이오.

자, 영국의 연회에서처럼, 마지막에 나오는 최상의 진미에

다시 인사하며, 가장 달콤한 종말을 고하고자 합니다.

아, 부자지간의 혈연으로 맺어진 아버님,

당신의 젊은 기운이 제 몸속에서 다시 살아나 70

두 배의 기운으로 저를 들어 올려,

제 머리 위로 승리를 거두게 하고,

당신의 기도로 제 갑옷을 더 견고하게 하며,

모브레이의 허술한 갑옷을 뚫을 만큼,

당신의 축복으로 제 창끝을 담금질하여, 75

곤트의 존이라는 이름을 당신 아들의

혈기왕성한 행동 속에서 새롭게 빛내 주소서.

곤트 옳은 일을 위해 싸우는 네게 하느님의 가호가 있기를.

번개처럼 빠르게 움직이며,

넋을 빼는 천둥과도 같이

갑절로 중첩된 타격을

네 맞은편에 선 사악한 원수의 투구에 퍼부어라.

네 젊은 피를 일깨우고, 용감히 싸워, 살아남아라.

볼링브루크 저의 결백과 성 조지[3]여 승리하소서!

85 **모브레이** 하느님이나 운명의 여신이 어찌 나의 분복을 정하든,

충성되고, 공정하며, 올곧은 한 시종,

죽든 살든 리처드 왕의 옥좌에 진심을 다 할 것이오.

일찍이 어떤 포로도

춤추는 제 영혼이 적과 맞서 싸우는 축제를

90 축하하는 것보다 더 자유롭게

속박의 사슬을 던져버리고

황금빛 자유를 무제한으로 누린 적이 없었습니다.

가장 막강하신 폐하, 그리고 동료 귀족 여러분,

부디 만수무강하시길 빕니다.

95 놀이를 하듯 온화하고 즐겁게

소신은 결투를 하러 갑니다. 진실한 자의 마음은 평온한 법입니다.

리처드 잘 가시오, 노포크 경. 그대의 눈 속에

덕행이 용기와 함께 깃들어 있음을 보오.

의전관, 결투를 명하고, 시작하시오

100 **의전관** 허포드, 랭커스터 그리고 더비의 공작 해리는

그대가 쓸 창을 받으시오, 하느님이 정의를 지켜주시길.

---

3. 성 조지(Saint George)는 영국(England)의 수호 성인이다.

볼링브루크 탑처럼 견고하길 바라며[4] 저는 아멘이라고 외칩니다.

의전관 이 창을 노포크 공작, 토마스에게 갖다 주시오.

첫 번째 전령 허포드, 랭커스터 그리고 더비의 공작 해리는

하느님과, 그의 군주, 그리고 자신을 위하여,   105

거짓되고 비열한 자가 될 위험을 무릅쓰고

노포크의 공작, 토마스 모브레이가

하느님과, 그의 왕과 자신에게 반역자라는 것을 입증하기 위해

이 자리에 출두하며, 모브레이에게 결투에 나서 줄 것을

　　요구합니다.

두 번째 전령 토마스 모브레이, 노포크의 공작은   110

거짓되고 비열한 자가 될 위험을 무릅쓰고,

자신을 지키며, 또한

허포드, 랭커스터 그리고 더비의 공작 헨리가

하느님과, 주군과 자신에게 불충하다는 것을 입증하기 위해,

용감하게 그리고 자유로운 소망에 따라   115

출발 신호만을 기다리며 여기 출두해 있습니다.

의전관 나팔을 불어라, 그리고 투사들은 앞으로 나오시오!

[돌격나팔 소리가 울린다.]

멈추어라, 왕이 지휘봉을 던지셨다.

리처드 투구와 창을 내려놓고

둘 다 제 자리로 되돌아가라.   120

짐과 함께 물러나자. 그리고 짐이 결정한 바를

---

4. 시편 61: 3 (For thou hast been my hope and a strong tower against the enemy.) 참고

두 공작들에게 알리는 동안, 나팔을 울려라.

[긴 나팔소리.]

가까이 와서,

짐이 대신들과 상의해 결정한 바를 들으시오.

125 짐의 왕국의 흙이 이 땅에서 자란 자들의

소중한 피로 더럽혀져서는 안 되기 때문이오,

그리고 짐의 눈은 동포 간의 칼부림으로 생긴

참담한 상처의 모습을 보기 싫어하기 때문이오,

그리고 독수리의 날개를 단 오만이

130 하늘로 치솟는 야심찬 생각에서 나와

경쟁자를 미워하는 시기심과 합세하여 경들로 하여금

짐의 평화를 깨운다는 생각이 들기 때문이오. 왕국의 요람에 누워

고이 자며 예쁜 아기처럼 숨 쉬는 평화를 말이오.

이 평화가 떠들썩하고 가락이 맞지 않은 북소리와

135 거칠게 울려 퍼지는 나팔의 지독한 소음과

분노한 철제 무기가 서로 맞부딪치는 소리에 깨어나

짐의 조용한 영토로부터 아름다운 평화의 여신을 내쫓고,

친족끼리 유혈의 참극도 불사하게 할 수 있는 것이오.

그러므로 짐은 그대들을 짐의 영토에서 추방하는 바이다.

140 사촌 허포드는 여름이 짐의 들판을

열 번 풍성하게 하기까지

짐의 아름다운 영토로 돌아오지 말고,

낯선 유배의 길을 밟아라. 이를 어길 시에는 죽음을 각오하라.

볼링브루크 폐하의 뜻대로 하겠습니다.

폐하를 따스하게 하는 태양이 제게도 비추고,   145

폐하께 쏟아지는 금색 빛줄기가 제게도 내려와

유배지를 금빛으로 빛나게 해주니 제게 위안이 될 따름이옵니다.

리처드 노포크, 그대에게는 더 무거운 선고가 남아 있는데,

좀 내키지 않는 마음으로 이에 대해 표명하오.

더디게 흘러가는 시간은 그대의 무거운 유배기간의   150

종말이 언제 끝나는 지 기약할 수 없을 것이오.

절대 돌아오지 말라는 절망적인 말을 그대에게 하노니,

이를 어길 시에는 죽음을 각오하오.

모브레이 폐하의 입으로부터 들으리라곤 생각지도 못한

무거운 판결이옵니다, 폐하.   155

저는 폐하의 손에서 내쳐질 만큼

심각한 징계가 아니라,

더 나은 보상을 받아 마땅한 사람이옵니다.

사십년 동안 소신이 배운 말,

모국어인 영어를 이제 저는 버려야 합니다.   160

그러니 이제 제 혀의 용도는 저에게

현이 없는 비올이나 하프에 지나지 않습니다.

아니면 보관 상자에 두었거나,

열려 있으되 연주할 줄 모르는 사람의

수중에 있는 정교한 악기와도 같습니다.   165

폐하께서는 제 입 안에 제 혀를 가두시고,

제 이와 입술로 겹겹이 막으셨나이다.

그리하여 무디고 둔감한 무지가

저를 감시하는 간수가 되었습니다.

170 저는 유모에게 아양을 떨기엔 너무 나이가 많고,

학생이 이제 되기에도 너무 시간이 지났습니다.

모국어의 자연스런 호흡에서 제 혀를 앗아가는

말 못하는 죽음이 바로 폐하의 판결이란 말씀입니까?

리처드 읍소한들 소용이 없다.

175 짐이 판결하고 나면, 불평을 해도 이미 늦은 것이다.

모브레이 그러면 소신은 조국의 빛으로부터 등을 돌려

끝없는 밤의 음울한 그늘 속에 머물겠나이다.

[가려고 등을 돌린다.]

리처드 다시 돌아와서, 맹세를 하오.

짐의 검에 경들의 추방된 손을 얹고,

180 하느님에 대한 의무에 걸고 맹세하오―

짐에 대한 그대의 의무는 추방과 함께 면제하나니―

짐이 부과하는 맹세를 지킨다고 말이오. 경들은 절대

―진실과 하느님이 그대를 보우하시길!―

유배 중에 동병상련의 정을 품지 말고,

185 절대 서로의 얼굴을 대하지 말며,

절대 서신을 쓰거나, 다시 만나거나, 고향에서 생긴 미움의

험악한 폭풍을 잠재우거나,

절대 신중한 목적으로 만나

짐과 짐의 국가, 짐의 백성 또는 짐의 나라에 대해 어떤 나쁜 일을

꾸미거나, 모반하거나, 공모하지 말라.   190

볼링브루크 맹세합니다.

모브레이 저도, 모두 지킬 것을 맹세합니다.

볼링브루크 노포크, 아직도 내 적이지만—

왕께서 허락하셨다면, 지금쯤

우리 영혼들 중 하나가 허공을 떠돌고 있을 것이다.

우리들의 육신이라는 허약한 무덤에서 추방된 채로,   195

지금 우리들의 육신이 이 땅에서 추방되듯이 말이다.

이 왕국을 떠나기 전 네 반역죄를 고백해라.

갈 길이 먼데, 죄인의 무거운

양심의 가책을 지고 가지는 말아라.

모브레이 아니지, 볼링브루크, 만일 내가 역적이라면,   200

내 이름이 생명의 책⁵에서 지워지고,

지금 당장 하늘에서 추방될 것이다!

하지만, 네가 누구인지는, 하느님과, 너, 그리고 내가 아노니,

유감이지만, 왕께서 곧바로 이 모든 것을 후회하실 것이다.

안녕히 계십시오, 폐하, 이제 저는 어디서도 길을 잃을 일이 없으니,   205

영국으로 돌아오는 길을 제외하고는 모두가 다 제 길이옵니다.

[퇴장.]

리처드 숙부님, 거울처럼 당신의 눈에 비친

---

5. 요한계시록 3: 5 참고. 구원을 받는 자들에게 그들의 이름은 생명의 책에서 지워지
   지 않는다는 약속이 언급된다.

당신의 슬픈 마음이 보입니다.[6] 숙부님의 슬픈 모습을 보아

사촌의 유배 햇수를

210   네 해나 줄여드립니다. [볼링브루크에게] 엄동을 여섯 번 보내고,

유배지로부터 고국으로 돌아오라.

볼링브루크 얼마나 긴 시간이 단 한 마디의 말에 달려있는가?

네 번의 지루한 겨울, 그리고 네 번의 울창한 여름이 한 마디

말로 끝나니—이런 것이 왕의 말씀이다.

215 **곤트** 감사합니다. 폐하. 저를 생각하시어

제 아들의 유배 기간을 네 해나 줄여 주시니.

하지만 이로 인해 제가 득을 볼 일은 거의 없습니다.

아들놈이 보낼 6년의 세월이 달의 모양을 바꾸고

계절의 변화를 가져오겠지만

220   나의 기름 마른 등잔과 쇠약해진 빛은

늙어서 끝없는 밤이 오며 꺼져버릴 것입니다.

나의 남은 양초는 다 타버릴 것이고,

눈가리개를 한 죽음은 내가 아들놈을 보게 허락지 않을 겁니다.

리처드 아니, 숙부님은 여러 해를 사실 겁니다.

225 **곤트** 하지만, 폐하, 폐하께서는 제게 1분도 주실 수가 없습니다.

폐하께서는 음울한 슬픔으로 저의 낮을 줄이시고,

저의 밤을 빼앗아 가실 수 있지만, 단 하루아침도 빌려 주실 수는

없습니다.

폐하께서는 시간을 도와 제게 세월의 고랑을 파실 수도 있지만,

---

6. 관습적으로 눈은 마음을 반영한다고 생각되었다.

시간의 순례에서 생기는 주름 하나도 멈추실 수 없습니다.

폐하의 말씀은 저를 당장 죽일 수도 있지만   230

제가 죽으면 폐하의 왕국도 저의 생명을 되살릴 수 없습니다.

리처드 숙부님의 아들은 논의에 의거해 추방되었고,

여기서 숙부님도 재결에 참여하셨습니다.

그런데 어찌 숙부님은 짐의 판결에 못마땅해 하시는 것입니까?

곤트 입에 단것은 소화에는 나쁘다고 합니다.   235

폐하께서 소신을 판사로 위촉하셨지만, 차라리 폐하께서

제게 한 사람의 아비로서 변호하도록 명하셨으면 나았을

　　것입니다.

아, 낯선 사람이었다면, 제 자식이 아니었다면,

소신은 그의 잘못을 경감하려고 더 온정적이었을 것입니다.

소신은 편파적이라는 비난을 피하고자 하였고,   240

그래서 이 판결에서 제 자신의 삶이 파탄 났습니다.

아, 나는 당신들 중 몇 분이 내가 내 자신을 귀양 보내니

너무 가혹하다고 말해 주기를 바랐습니다.

하지만 당신들은 나의 내키지 않는 혀가 내 의지에 반해

스스로에게 이렇게 해를 끼치도록 허락하였습니다.   245

리처드 사촌, 잘 가오, 그리고 숙부님, 사촌에게 그리 인사하시오.

6년 간 추방을 사촌에게 명하니, 떠나도록 하오.

　　　　[나팔소리.] [리처드 왕 수행원들과 함께] 퇴장.

오멀 사촌, 잘 가오. 직접 만나 할 수 없는 말은

체류하는 곳에서 서신으로 알려 주오.

250 **의전관** 저는 작별인사를 하지 않겠습니다. 육지가 다할 때까지

당신 옆에서 말을 타고 갈 테이니까요.

곤트 아, 너는 무슨 의도로 네 말을 마음속에 감추고 있느냐,

네 친구들에게 답례의 인사도 하지 않고?

볼링브루크 마음에 가득한 슬픔을 토로하고자

255 혀를 헤프게 움직여야 할 때라

작별을 고할 말은 없습니다.

곤트 너의 슬픔이란 잠시간 네가 떠나 있다는 것뿐이다.

볼링브루크 기쁨이 없으면, 그동안에 슬픔이 있는 거지요.

곤트 여섯 겨울이 별것이냐? 빨리 지나갈 것이다.

260 **볼링브루크** 즐거운 사람에게는 그렇지요. 하지만 슬픔은 한 시간을 열

시간으로 만듭니다.

곤트 즐기기 위해 떠나는 여행이라고 생각해라.

볼링브루크 제가 그렇게 잘못 생각하면

강요된 순례인 것을 아는 제 마음은 한숨을 지을 것입니다.

곤트 네 지루한 발걸음이 지나가는 침울한 길을

265 네 귀국이라는 값진 보석을

얹어 놓을 은박이라고 여겨라.

볼링브루크 아니지요, 오히려, 제가 내딛는

지루한 한 걸음 한 걸음이 제가 사랑하는 보석을 떠나

얼마나 먼 거리를 제가 방랑하고 있는지 상기시켜 줄 겁니다.

270 이역에서 방랑하며 긴 도제기간을 보내고,

종국에 자유를 얻고 난 후,

고작 나는 슬픔에 예속된 장인[7]에 불과했다고

자랑하지는 말아야 하지 않겠습니까?

곤트 해가 비치는 모든 곳이

현자에게는 항구요 행복한 안식처다.   275

곤궁함에 처하거든

궁하면 통하는 법이라고 생각해라.

왕께서 너를 추방했다고 생각하지 말고,

네가 왕을 추방했다고 생각해라. 비통은 견디는 힘이

약하다는 것을 알면 더 무겁게 짓누르는 법이다.   280

자, 그러니 명예를 얻기 위해 내 너를 보내는 것이지

왕께서 너를 유배에 처한 것이 아니라고 생각해라.

아니면 심한 역병이 창궐하여

더 깨끗한 고장으로 피신한다고 생각해라.

네 영혼이 소중히 여기는 것이 무엇이든,   285

그것이, 네가 돌아오는 길이 아니고, 네가 가는 길에

　놓여있다고 상상해라.

노래하는 새들을 악사들이라고 여기고,

네가 밟는 잔디는 골풀이 깔린 왕의 알현실,

꽃들은 아름다운 숙녀들, 그리고 너의 발걸음은

경쾌한 율동이나 춤이라고 생각해라.   290

으르렁거리는 슬픔은 그것을 조롱하거나 가벼이 여기는

---

7. 원어로는 jouneyman인데 장인이란 뜻 외에 여행자라는 의미로 해석할 수도 있다.

사람을 물어뜯을 힘도 없게 되는 법이니 말이다.

볼링브루크 아, 누가 눈 덮인 코카서스 산맥[8]을 생각하면서

손에 불을 쥐고 있을 수 있겠습니까?

295 아니면 잔치 상을 상상하면서

배고픔의 날카로운 칼날을 달랠 수 있으며,

머릿속에서 여름의 열기를 생각하면서

십이월의 눈 속에서 벌거벗은 채로 뒹굴 것입니까?

아, 아니지요! 좋은 것에 대해 알고 나면

300 그만 못한 것에 대한 느낌이 더 안 좋을 수 있지요.

잔인한 슬픔의 치아는 종기를 깨물고도

절개하지 못할 때 가장 아프게 하는 법입니다.

곤트 자, 자, 내 아들아, 내가 배웅해 주마.

네 젊음과 명분이 내게 있다면, 난 지체하지 않을 거다.

305 **볼링브루크** 그러면, 영국 땅이여, 잘 있거라. 사랑스런 흙아, 안녕히.

아직도 나를 길러주시는 내 어머니이자 내 유모시여!

어디를 방랑하든, 나 이렇게 자랑할 수 있으리.

비록 추방된 몸이나 그래도 진정한 영국인이라고.

[퇴장.]

---

8. 흑해와 카스피해 사이에 있는 산맥

4장

궁정.

왕이 배고트, 그린 등과 한 문에서 등장하고,
오멀 경은 다른 문에서 등장한다.

리처드 짐도 보았소. 사촌 오멀,

기세등등한 허포드를 어디까지 배웅하였소?

오멀 폐하의 말씀과 같이, 소신은 기세등등한 허포드를

근처의 도로까지만 바래주고, 거기서 작별을 했습니다.

리처드 얼마나 많은 이별의 눈물을 흘렸는지 말해 보오.　　　　　　5

오멀 정말이지, 전 전혀 흘리지 않았습니다.

북동풍이 마침 우리들의 얼굴에 세게 불어,

눈물샘을 자극하여, 우연히 우리들의 공허한 작별을

눈물로 예우해 준 것을 제외하곤 말입니다.

리처드 짐의 사촌이 헤어질 때 뭐라고 말하던가?　　　　　　10

오멀 "잘 있게"라고 했습니다.

그런데 제 혀가 그 말을 더럽힐까

마음에 수치감이 들어서,

슬픔의 압박으로 인해

제 비탄의 무덤에 할 말이 다 묻혀버린 시늉을 했습니다.　　　15

정말이지, "잘 있게"라는 말이 시간을 늘려,

사촌의 짧은 추방기간에 여러 해를 더할 수 있었다면,

사촌은 책 한 권 분의 작별인사를 받았을 것입니다.

하지만 그럴 것 같지는 않아, 저는 한마디도 하지 않았습니다.

20 **리처드** 사촌, 그자도 짐의 사촌이오.[9]

하지만 그자가 유배를 마치고 돌아올 시기가 되면

우리의 친족인 그자가 친근하게 우리를 보러 올지 의문이오.

집과 부시, 여기 배고트 그리고 그린은 그가 평민들에게

환심을 사려드는 것을 보았소.

25 겸손하고 친근한 호의로

어떻게 그들의 마음에 파고들었는지,

마치 그들의 애정도 추방지로 가져가는 듯이,

가난한 장인들에게 교묘한 미소와

자기의 운명을 감내하는 태도로 구애하고,

30 어떤 경의를 그가 비천한 자들에게 표했는지를 말이오.

굴 따는 계집에게 모자를 벗어 인사하고,

한 쌍의 짐마차 꾼이 그에게 하느님의 가호를 빌면,

"고맙소, 나의 국민, 나의 사랑하는 친구들"이라고 하며

덥석 무릎을 꿇더군.

35 마치 짐의 영국이 상속에 의해 자신의 소유가 되고,

자기가 짐의 신민들이 바라는 차기 대권자가 된 듯이 말이오.

그린 자, 그자는 갔고, 그자와 함께 이러한 염려들도 사라졌습니다.

이제 아일랜드에서 일어난 반란에 대해 말씀드리면,

---

9. 리처드와 오멀, 그리고 볼링브루크는 서로 사촌지간이다.

시간을 더 지체하면 반란군에게는 이득이 되고
폐하에게는 손실이 되는 수단을 더 주게 되오니,   40
시급한 조치를 취해야겠습니다, 폐하.

리처드 짐이 친히 이 전쟁에 나서겠소.

그런데 과도한 궁정 비용과
관대한 부조로 짐의 금고가 다소 가벼워졌으니,
짐은 짐의 왕령을 임대할 수밖에 없소.   45
짐의 일이 다급하니, 그 비용은 이것으로
충당하도록 하시오. 만일 경비가 모자라면,
대리자들은 누가 부자인지를 파악하는 대로
그들에게 금액을 약정하게 하여
짐이 필요로 하는 데 충당할 수 있도록   50
차후에 그 금액을 보내도록 하시오.
짐은 곧 아일랜드로 떠날 것이니 말이오.

[부시 등장.]

부시, 무슨 소식이오?

부시 곤트의 존 어르신이 위독합니다, 폐하,
급환이온데, 폐하의 방문을 요청하는 전갈을   55
급히 보내왔습니다.

리처드 어디에 계시는가?

부시 엘리 주교관이옵니다.

리처드 자, 하느님, 의사의 마음에
그분을 빨리 무덤에 가도록 돕자는 생각이 들게 하소서!   60

그분의 금고의 안감으로 아일랜드 전쟁에 참전하는

짐의 병사들을 입힐 외투를 만들 것이다.

자, 경들, 모두 그분을 방문하러 갑시다.

하느님, 우리가 서둘러 가도 너무 늦게 도착한 것이 되게 하소서.

65 **모두**   아멘!

[퇴장.]

2막

1장

병든 곤트의 존이 요크의 공작,
[노섬벌랜드 백작, 수행원들] 등과 함께 등장.

곤트　왕께서 오시려는가, 폐하의 무절제한 젊음에 대해 내가
　　　마지막 충언을 하게?

요크　심려치 마십시오. 애써 말하려 하시지도 마시고요.
　　　폐하의 귀에는 어떤 조언도 소용이 없습니다.

5　**곤트**　아, 하지만 죽어가는 사람의 말은
　　　심원한 화음처럼 관심을 끈다고 하오.
　　　말수가 적으면 버릴 말도 거의 없는 법이오.
　　　고통스럽게 말하는 사람은 진실을 말하기 때문이지.
　　　임종을 앞두고 하는 사람의 말은

10　　　젊고 안락한 사람이 하는 아첨의 말보다 더 귀 기울여 듣게 되오.
　　　사람의 종말은 그의 생전의 삶보다 더 주목되는 법이지.
　　　단것의 끝 맛은 끝이라 가장 달듯이,
　　　지는 해와 종결부의 음악은
　　　이전에 지나간 것들보다 더 생생하오.

15　　　비록 리처드가 내 살아생전 충고는 듣지 않으려 한다 해도,
　　　죽어가며 하는 내 엄숙한 말에는 귀를 열 것이오.

요크 아닙니다. 폐하의 귀는 다른 아첨의 소리들로 막혀 있습니다.

예를 들면, 현자들도 맛을 보면 어리석어진다는 칭찬들,

젊은이들이 유독한 소리에

늘 귀를 기울이고 있는 음탕한 시구들,   20

굼뜨게 흉내 내는 우리 국민들이 언제나

천박하게 모방하여 절룩거리며 따라가는

오만방자한 이태리의 유행에 대한 소문 말입니다.

어디서건 세상에 어떤 허영이 있다 하면 —

새 것이라면 얼마나 천박한지는 전혀 개의치 않으니 —   25

금방 폐하의 귓속에 들어가지 않겠습니까?

욕망이 이성의 분별에 반란을 일으킨 때는

어떤 조언도 너무 늦어 버린 거지요.

어느 방향으로 가야 할지 폐하께 지시하지 마십시오.

숨이 부족하신데, 그 숨도 허비하시게 될 겁니다.   30

곤트 나는 새로운 영감을 얻은 예언자가 된 듯한 느낌이오.

그래서 이렇게 마지막 숨을 내쉬며 리처드에 대한 예언을 하오.

그의 성급하고 맹렬한 방종의 불길은 오래가지 못할 것이오.

격렬하게 타는 불은 곧 소진되고 마는 거니까.

가랑비가 오래 가지, 급작스런 폭풍은 잠깐이오.   35

너무 급히 일찍 박차를 가하면 일찍 지치는 법이지.

음식을 마구 먹으면 목이 메는 거고.

경박한 허영은 만족을 모르는 가마우지처럼

주변을 먹어치우고, 곧 자기 자신도 먹이로 삼지.

40   이 왕들의 옥좌, 이 제왕의 섬,

        이 존엄한 땅, 이 마르스[10]의 자리,

        이 또 다른 에덴, 지상낙원,

        외침을 막기 위하여

        자연의 여신이 지어 놓은 요새,

45   이 행복한 족속, 이 소우주,

        시기심을 품은 덜 행복한 나라에 대비해

        성벽의 기능도 해주고

        집을 보호하는 참호의 역할도 해주는

        은빛 바다에 놓인 이 보석,

50   이 축복 받은 땅, 이 대지, 이 왕국, 이 영국,

        이 유모, 군왕들을 낳은 이 다산의 모태,

        이들을 길러 두려움을 사고, 그들의 탄생으로 유명해진,

        완고한 유대 땅에 있는

        성모 마리아의 아들, 세상의 대속자의

55   무덤처럼 고국에서 먼 데까지

        그리스도의 사명과 진정한 기사도로 명성이 드높은,

        그런 소중한 영혼들의 이 땅, 이 소중하고 소중한 땅,

        세상에 떨친 그 명예로 소중한 이 땅이

        ―이렇게 단언하며 나는 죽소만―이제 임대되고 말았소.

60   전세지나 하찮은 농지처럼 말이오.

        의기양양한 바다에 둘러싸여 있고,

        암벽해안이 있어 바다의 신 넵튠의

---

10. 마르스(Mars)는 군신(軍神), 즉 전쟁의 신이다.

시샘하는 공격을 격퇴시키는 영국은 이제

잉크 얼룩과 썩은 양피지 보증서로 인해 치욕에 둘러싸였소.

타국을 정복하던 영국이   65

자기 스스로에게 정복당했구나.

아, 내 생명을 바쳐 이 치욕이 사라질 수 있다면,

다가오는 나의 죽음이 얼마나 행복할 수 있으리오!

왕과 왕비 등
[오멀, 부시, 그린, 배고트, 로스, 그리고 윌로비] 등장.

요크 왕께서 오셨습니다. 젊은 분이시니 부드럽게 대하세요.

        젊고 성급한 망아지는 화가 나면 더 날뛰니까요.   70

왕비 랭커스터 숙부님, 안녕하세요?

리처드 평안하신가? 연로하신 곤트님의 사정은 어떠시오?

곤트 아, 그 이름이 내 몸에 딱 들어맞는구려!

        늙은 곤트고 말고, 늙어서 수척해졌으니![11]

        내 속에 있는 슬픔이란 놈이 지루하게 단식을 해왔습니다.   75

        음식을 먹지 않는데 누가 수척해지지 않을 수 있겠습니까?

        잠자는 영국을 지키며 오랫동안 깨어있었는데,

        깨어있으면 여위게 되고, 여위면 수척해지지요.

        어떤 아비들이 밥 먹듯이 누리는 기쁨을

---

11. 원문에서 "수척한"이란 의미로 쓰인 단어는 gaunt인데 이는 곤트의 존이라는 이름
    의 Gaunt와 같은 단어이다. 곤트는 리처드가 자신을 지칭한 이름 Gaunt라는 말을
    받아 말장난(pun)을 하고 있다.

80   저는 엄격히 굶주리며 살고 있습니다―제 자식 보는 걸 말입니다―

그런데 이 굶주림 때문에 제가 수척해지는 겁니다.

저는 수척해져 무덤에나 어울리는 곤트입니다.

속이 빈 모태에 유골만 남아있는 무덤 말입니다.

리처드 병든 사람이 이름을 가지고 이처럼 교묘하게 장난을 칠 수도

있단 말이오?

85 **곤트** 아닙니다. 고통이 스스로를 조롱하는 장난을 칩니다.

폐하께서 제 속에 있는 제 이름을 죽이려고 하시니,

폐하께 아첨을 하려고 저는 제 이름을 조롱합니다.

리처드 죽어가는 사람이 살아있는 사람에게 아첨을 하는 건가.

곤트 아니, 아닙니다. 살아있는 사람이 죽는 사람에게 아첨을 하는 거지요.

90 **리처드** 그대는, 지금 죽어가며, 나에게 아첨을 한다고 말하고 있소.

곤트 아, 아니지요. 소신이 환자이지만, 폐하께서 죽는 것이지요.

리처드 나는 건강하고, 숨을 쉬며, 그대가 병든 것을 보고 있소.

곤트 저를 만드신 하느님께서는 아닙니다. 제가 폐하께서 병든 것을

보고 있음을 말입니다.

저는 눈이 나빠 잘 보지 못하지만, 폐하께서는 병이 드신 것이오.

95   폐하가 누운 임종의 자리는 폐하의 땅과 다름없으며,

거기서 폐하는 병든 평판 속에 누워있습니다.

그리고 너무 부주의한 환자인 폐하께서는

폐하의 도유한 옥체를 애당초 폐하를 상하게 한

의사들의 치료에 일임하고 계십니다.

100   천 명의 아첨꾼들이 폐하의 왕관 안에 앉아 있는데

그 둘레가 폐하의 머리보다 크지 않고,

아주 조그만 반경 안에 갇혀 있지만

그 해악의 범위는 폐하의 땅에 비해 조금도 적지 않습니다.

아, 폐하의 조부[12]께서 예언자의 눈으로

어떻게 그의 아들의 아들이 자신의 아들들[13]을 해칠지를 아셨다면   105

폐하께 치욕이 된 이 왕위를 폐하로부터 멀리 두시고

폐하가 왕위를 갖기 전에 폐하를 폐하셨을 것입니다.

정신이 나가 지금 스스로를 폐위하는 폐하를 말입니다.

자, 조카, 그대가 이 세상의 통치자라 해도,

이 땅을 임대하는 것은 수치스런 일입니다.   110

그런데 세상에서 오로지 이 땅만을 누리고 살면서

이 땅에 그렇게 치욕을 주면 지나친 치욕이 되지 않겠습니까?

이제 그대는 영국의 지주이지 왕이 아닙니다.

그대의 법적 지위는 법에 예속되고,

그래서 그대는 ─

리처드 [말을 가로막으며] 미친 놈, 멍청한 바보.   115

열병에 걸린 걸 기회로 삼아,

감히 싸늘한 충고를 해

분노로 왕의 피를 본래 있던 데서부터 내몰아,

짐의 안색을 창백하게 만들다니.

지금, 내 옥좌의 정당한 왕권에 걸고 맹세하지만,   120

---

12. 에드워드 3세(Edward III)를 가리킨다.

13. 글로스터와 곤트를 가리킨다.

그대가 위대한 에드워드 대왕의 아들[14]의 아우가 아니었다면,

방자하게 지껄이는 그 혀로 인해

불경한 그대의 어깨에서 머리가 굴러 떨어졌을 것이다.

곤트 아, 에드워드 형님의 아드님. 제가 그분의 아버지

125 에드워드 왕의 아들이라고 해서. 저를 달리 대하지는 마십시오.

펠리컨[15]과 같이 이미 그대는

그 피를 받아내 취하도록 마셨소.

정직하고 선량한 영혼, 나의 아우 글로스터는—

그에게 하늘의 지복이 행복한 영혼들 가운데서 내리기를!—

130 그대가 에드워드의 피를 흘리는 것을 개의치 않는다는

전례이고 유효한 증거가 될 것이오.

지금 병든 이 몸에 그대가 가세하면

그대의 패륜은 시간의 굽은 낫과 같이

아주 오래 시든 꽃을 단번에 베어버리겠지.

135 치욕 속에 사시오, 하지만 치욕은 그대와 같이 죽지 않소.

이 말들이 지금부터 그대에게 고통을 주기를.

나를 나의 침대로 데려가 주오, 그리고는 나의 무덤으로.

사랑과 명예를 가진 자나 살고 싶어 하는 것이오.

[곤트, 수행원들과 노섬벌랜드에게 들려서] 퇴장.

리처드 늙고 우울한 자들은 다 죽으라 해라.

---

14. 리처드의 아버지인 흑태자 에드워드(Edward the Black Prince)를 가리킨다.

15. 펠리컨은 가슴에 상처를 내 그 피를 배은망덕한 새끼들에게 먹인다고 한다.

그대는 늙고 우울해 무덤에 어울리는구나. 140

요크 간청하오니 폐하, 곤트의 말은

변덕스런 질병과 노망의 탓으로 돌리십시오.

곤트는, 결단코, 폐하를 경애하며, 폐하를 소중히 여깁니다.

허포드의 공작 해리가 여기 있다면 그렇게 하듯이 말입니다.

리처드 맞아, 숙부님의 말이 옳소. 허포드가 경애한다니, 그도 그리하겠지, 145

그들이 그리하면, 나도 그리하는 거고. 그러니 모두가 그렇게

하라지 뭐.

[노섬벌랜드 등장.]

노섬벌랜드 폐하, 곤트 어르신이 폐하께 아룁니다.

리처드 뭐라 하는가?

노섬벌랜드 아니, 아무 말도 없습니다. 할 말을 다 하였으니까요.

그의 혀는 이제 현이 없는 악기입니다.

말과 생명과 모든 것을 랭커스터 어르신은 소진하였습니다. 150

요크 다음에 망할 자는 요크가 되겠구나!

비록 죽음이 생명을 앗아가지만 인간 삶의 고통도 끝내주지.

리처드 가장 잘 익은 과실이 먼저 떨어지는 법이고, 곤트도 그런 것이오.

이승에서 그의 시간은 다 되었고, 우리들의 삶의 순례는

계속되어야 하오.

그 정도로 해두고. 아일랜드 전쟁에 대해 말하자면, 155

저 더벅머리 보병들을 토벌해야 하는데,

어떤 다른 독사도 살지 않는 그 곳에는

그들이 독사처럼 살고 있소.

그리고 이 거사에는 상당한 비용이 들 것이니,

160 짐에게 도움이 되는 방향으로

짐은 숙부 곤트가 소유했던

금은 식기, 금전, 세수, 그리고 동산들을 몰수하겠소.

요크 얼마나 오래 참아야 한단 말인가? 아, 얼마나 오래

충성을 바쳐 부당한 일을 견뎌야 한단 말인가?

165 글로스터의 죽음도, 허포드의 추방도,

곤트의 면박도, 영국 왕의 사사로운 잘못도,

불쌍한 볼링브루크의 결혼 금지[16]도,

나 자신의 불명예도,

참을성 있는 내 뺨을 시무룩하게 하거나,

170 군왕의 면전에서 내게 눈살 하나 찌푸리게 하지 않았소.

나는 고귀한 에드워드 왕의 마지막 아들이고,

폐하의 아버지, 웨일즈의 왕자는 첫째였소.

그 젊고 위엄 있는 분은

전시에는 사자보다도 더 사나웠고,

175 평화로울 때는 점잖은 양보다도 더 순했던 분이셨소.

폐하는 그분의 얼굴을 가지고 계십니다.

폐하의 나이 때에 그분이 그렇게 보였으니까요.

하지만 그분이 얼굴을 찌푸리면, 그것은 프랑스 사람에 대해서였지,

---

16. 볼링브루크가 유배 중 프랑스에 있을 때 프랑스 왕의 사촌과 결혼하려 했으나 리
처드가 반대하여 성사되지 못하였다.

그분의 친구들에 대해서는 아니었습니다. 그분의 고귀한 손은
자신이 쓰는 것을 벌어 들였지, 그분의 의기양양한 아버지의 손이   180
벌어들인 것을 쓰지는 않았습니다.
그분의 손은 친족의 피를 묻히는 죄를 범하지 않았으며,
그분의 친족의 적들이 흘린 피로 붉게 물들었지요.
아, 리처드, 요크는 슬픔에 너무 깊이 빠져들었소.
아니었다면 이런 비교는 하지 않았을 것을.   185

리처드 아니, 숙부님, 어찌된 일이오?

요크   아, 폐하,
부디 저를 용서하십시오. 아니면,
용서받지 못해도 좋습니다. 저는 괜찮으니까요.
추방된 허포드의 특혜와 권리를 강탈하여
폐하의 손안에 넣고자 하시는 것입니까?   190
곤트가 죽지 않았습니까? 그리고 허포드는 살아있지 않습니까?
곤트가 정당치 않았습니까? 그리고 해리는 친자가 아닙니까?
그분은 상속자를 볼 자격이 없었다는 말입니까?
그분의 상속자는 아들로서의 자격이 없단 말입니까?
허포드의 권리를 빼앗고, 시간으로부터   195
그의 특권과 그의 통상적 권리를 빼앗는다면,
내일이 오늘에 따라 나오지 못하게 하시고,
폐하 자신을 부정하십시오. 공정한 순서와 계승에 의하지 않고는
어떻게 폐하께서도 왕이 되셨겠나이까?
이제 하느님 앞에 맹세코—하느님 이 말이 진실이라고 하지 못하게
  하옵소서—   200

만일 폐하가 부당하게 허포드의 권리를 강탈하고,

그가 자기의 법무관에 의해 토지소유의 권리를

주장할 수 있는 특허증을 무효로 하며,

상속자의 관례로 그가 행하는 충성의 맹세를 거부한다면,

205 폐하는 천 개의 위험을 자초하는 것이며,

천 명의 선량한 사람들을 잃고,

저의 인내심을 자극해 명예와 충성심을 가지고는

도저히 생각할 수 없는 생각을 하게 하는 것입니다.

리처드 좋을 대로 생각하시오. 짐은 그의 식기와, 물건과, 금전과 토지를

210 내 수중에 넣을 것이오.

요크 그동안 저는 자리를 피해 있겠습니다. 안녕히 계십시오, 폐하.

앞으로 어떤 일이 일어날지 아무도 장담할 수 없을 것입니다.

하지만 일의 진행이 잘못되었으니

결과가 결코 좋을 리 없다는 것은 알 수 있는 거지요. [퇴장.]

215 **리처드** 부시, 윌트셔 백작에게로 곧바로 가서,

이 일을 처리하기 위해

엘리 주교관으로 짐을 보러 오라고 전해라.

내일 짐은 아일랜드로 떠날 것이니, 지금이 적기라고 생각하오.

그리고 짐이 부재하는 동안

220 짐의 숙부 요크를 영국의 총독으로 임명하오.

그분은 공정하고, 언제나 짐을 경애하였으니까.

자, 왕비, 내일이면 떠나야만 하오.

즐거워하오. 함께 지낼 시간이 짧으니.

[나팔소리.] 왕과 왕비 퇴장.
노섬벌랜드, [윌로비 그리고 로스와 함께] 남는다.

노섬벌랜드 자, 경들, 랭커스터 공작은 작고하셨소.

로스 살아 있기도 하시지요, 지금 그분의 아들이 공작이시니.   225

윌로비 간신히 칭호뿐이지, 재산면에서는 아니지요.

노섬벌랜드 만일 정의가 바로 섰더라면, 두 가지가 다 충분하였을 것을.

로스 자유롭게 말을 못하고

　　　침묵을 지키자니 제 가슴은 미어터집니다.

노섬벌랜드 그러지 말고, 마음에 있는 말을 하시오.   230

　　　당신을 해하려고 당신의 말을 옮기는 자는 더 이상 말을 못하게

　　　만들어 놓을 터이니.

윌로비 말씀하시고자 하는 것이 허포드 공작에 대한 것입니까?

　　　만일 그렇다면, 대담하게 말해 보시오.

　　　내 귀는 그분에 대한 좋은 말을 듣는 데엔 민첩하니까요.

로스 부친을 여의고 유산을 빼앗긴 그분을 동정하는 것이   235

　　　선한 일이 아니라고 한다면,

　　　제가 그분께 어떤 좋은 일도 해드릴 수 없습니다.

노섬벌랜드 자, 하느님을 앞에 두고 맹세하거니와,

　　　이 쇠퇴하는 나라에서 왕손이신 그분과 많은 귀족들이

　　　그런 부당한 압박을 참아낸다 것은 치욕이오!   240

　　　왕은 제 정신이 아니고,

　　　간신들에 의해 저급하게 조종되고 있으니,

　　　그들이 우리 중 어느 한 사람을 미워해 밀고하면,

왕은 우리 자신은 물론 우리의 자손들까지도

245   가혹하게 징벌하려들 것입니다.

로스   평민들에겐 무거운 세금으로 약탈을 하여 인심을 잃었고.

귀족들에겐 옛 분쟁을 이유로 벌금을 과해

인심을 잃었지요.

월로비 백지 증서, 대여금, 기타 등등,

250   날마다 새로운 강제징수가 고안되고 있으니,

대체 무슨 일이 벌어지고 있는 것이오?

노섬벌랜드 전쟁을 하지 않았으니, 전쟁에 돈을 쓰진 않았소.

하지만 고귀하신 선조들이 싸워서 획득한 것을

타협하여 비굴하게 내어 주었고,

255   전쟁 시에 조상들이 쓴 것보다 더 많은 돈을 평화로운 때에 썼소.

로스   윌트셔 백작이 왕령을 임대하였소.

월로비 왕은 빈털터리처럼 파산하였소.

노섬벌랜드 치욕과 파멸의 기운이 그에게 감돌고 있소.

로스   무거운 징세에도 불구하고

260   추방된 공작의 재산을 강탈하지 않고는

아일랜드 전쟁에 쓸 돈이 없는 거요.

노섬벌랜드 자기의 고귀한 친척을─참 타락한 왕이로군!

하지만, 경들, 우리는 무서운 태풍이 노래하는 것을 듣지만,

이 폭풍을 피하려고 은신처를 찾지는 않소.

265   우리는 바람이 돛에 무겁게 내려앉는 걸 보지만,

돛을 감아올리지 않고, 안심한 채 파멸하고 있소.

로스 우리는 감내해야 할 파멸을 보고 있으며,

그렇게 감내하는 것이 우리의 파멸의 원인이므로,

그 위험은 이제 피할 수 없는 것이오.

노섬벌랜드 그렇지 않소. 죽음의 텅 빈 눈구멍을 통해서도   270

생명이 피어오르는 것을 봅니다. 하지만 우리들에게 위안이 될
  소식이 얼마나

가까운지는 감히 말할 수 없습니다.

윌로비 아니, 우리의 이야기도 들으셨으니, 당신의 이야기도 들어봅시다.

로스 자신 있게 말하시오, 노섬벌랜드.

우리 셋은 일심동체이니, 그렇게 말한다 해도   275

당신이 한 말은 단지 생각에 지나지 않는 거요. 그러니 담대히
  말하시오.

노섬벌랜드 그럼 말씀드리겠습니다. 브레타뉴에 있는,

르 포르 블랑이라는 만으로부터 정보를 받았는데

해리, 허포드 공작, 레이놀드, 콥햄 경,

최근에 엑스터 공작의 보호에서 벗어난   280

[리처드의 아들, 아룬델 백작,]

그의 아우인 전 켄터베리 대주교,

토마스 어핑햄 경, 토마스 램스튼 경,

존 노버리 경, 로버트 워터튼 경, 그리고 프랜시스 퀴인트―

이들 모두가 브레타뉴 공작의 도움으로   285

여덟 척의 큰 배와 3천 명의 군사를 지원받아,

이곳을 향해 전속력으로 오고 있으며,

곧 우리의 북쪽 해안에 도착하려 한다는 것입니다.

그들은 왕이 아일랜드로 먼저 떠나기를 기다리지 않았다면,

290　　아마도 이전에 벌써 도착했을 것입니다.

만일 그래서 우리가 노예의 멍에를 벗어 던지고

축 늘어진 조국의 부러진 날개에 새 깃을 달아,

오염된 왕관을 전당포로부터 구해내,

우리의 왕홀의 금박을 가리고 있는 먼지를 털어내고,

295　　고매한 왕권을 본래의 모습으로 만들고자 한다면,

나와 함께 급히 레이븐스퍼러로 떠납시다.

하지만 만일 두려워서 용기가 나지 않는다면,

여기에 머무르며 비밀을 지키시오. 나는 가겠소.

로스　말을 타시오, 말을 타. 의심은 두려워하는 자들에게로

　　　보내버리시오.

300 **윌로비**　말이 잘 달려주면, 내가 가장 먼저 도착할 것이오.

[퇴장.]

2장

윈저 성.

왕비, 부시, 배고트 등장.

부시   왕비마마, 마마께서는 너무 심히 슬퍼하십니다.

폐하와 헤어지실 때

몸에 해로운 우울은 물리치시고,

즐거운 기분으로 지내시기로 약속하셨지요.

왕비   폐하를 기쁘게 해드리기 위해서 그랬지만, 나 자신을 기쁘게   5

하기 위해서 그럴 수는 없지요. 하지만 난 이유를 모르겠어요.

내 사랑 리처드와 같은 손님에게

작별 인사를 한 것 말고는

왜 내가 슬픔과도 같은 손님을 맞이해야 하는지.

하지만 운명의 모태에서 성숙한 아직 태어나지 않은 슬픔이   10

내게로 다가오고 있어요. 그리고 나의 내면의 영혼은

아무 일도 없는데 전율하지는 않아요. 그것은 폐하와 헤어지는 것

보다 더 큰 어떤 연유로 슬퍼하고 있어요.

부시   슬픔의 실체는 각기 스무 개의 그림자를 가지고 있는데,

그것이 슬픔 그 자체로 보이지만, 사실 그렇지 않습니다.   15

비애의 눈은, 시야를 가리는 눈물로 희미해져서,

온전한 하나를 많은 사물로 나눕니다.

똑바로 보면 혼란만 보이지만, 삐딱하게 보면

형태가 구분되는 만화경과 같은 것이지요.

20 그러니 왕비마마께서는

폐하가 떠나신 것을 삐딱하게 바라보며

그분 자신보다도 더 많이 비탄할 슬픔의 형상들을 찾으시는데,

이들은 있는 그대로 보면 실체가 아닌 그림자에 불과합니다.

그러니 지극히 자비로우신 왕비마마,

폐하가 떠나신 것 이상으로 슬퍼하지 마십시오. 그 이상은

25   보이지 않는 것이고,

만일 보인다면, 그건 진정한 것 대신에

가상의 것을 위해 우는 거짓된 슬픔의 눈으로 보는 것입니다.

왕비 그럴지도 모르지만, 나의 내면의 영혼은

내게 그렇지 않다고 그래요. 어떻든

30 나는 슬플 수밖에 없어요. 너무 슬프다 보니,

생각한다고 해도 아무 생각도 하지 않고 있고,

근거 없는 슬픔이 나를 심약하게 자지러들게 만들어요.

부시 그건 허튼 공상에 불과한 것입니다. 마마.

왕비 단순한 공상만은 아니에요. 공상은 항시

35 그 원천이 되는 슬픔에서 오는 것이지만, 내 경우는 그렇지 않아요.

내 슬픔이 어디서 생기는 건지도 모르겠고

무엇 때문에 내가 슬픈 건지도 모르겠어요.

결국 내 소유가 되겠지만

무엇인지도 아직은 모르고

무어라고 이름 지을 수도 없으니, 그냥 이름 없는 비통이라고
생각하고 있어요.   40

[그린 등장.]

그린 신이여 왕비마마를 지켜주소서! 잘 만났습니다.
폐하께서 아일랜드로 출항하지 않으셨기를 바랍니다.

왕비 왜 그렇게 바라는 거지요? 출항하셨기를 바라야 하지요.
폐하께서는 신속히 가시기를 바라셨고, 신속히 가셔야 좋은 거지요.
그런데 왜 아직 출항하지 않으셨기를 바라나요?   45

그린 우리의 희망이신 폐하께서 군대를 철군하시어
막강한 전력으로 이 땅에 상륙한
적의 희망을 절망으로 몰아넣기를 바라기 때문입니다.
추방당한 볼링브루크가 스스로 유배를 철폐하고
무기를 치켜든 채 레이브스퍼러에   50
안착하였습니다.

왕비   하느님 맙소사!

그린 아, 왕비마마! 그게 진실입니다. 설상가상으로
노섬벌랜드 경과, 그의 아들, 젊은 헨리 퍼시,
로스 경, 보몬드 경, 그리고 윌로비 경이
막강한 자기 친구들을 데리고 볼링브루크에게로 달아났습니다.   55

부시 왜 노섬벌랜드와 모든 나머지 역도들을
반역자로 포고하지 않는 것이오?

그린 그리하였습니다. 그러자 우스터 백작이

60 　그의 지휘봉을 부러뜨리고,

　그의 직을 사직하였으며, 모든 집안 하인들이 그와 함께

　볼링브루크에게로 달아났습니다.

왕비 　그러니, 그린, 자네는 내 비통함을 낳아준 산파이고,

　볼링브루크는 내 슬픔의 암울한 자손이네요.

　이제 내 영혼이 괴물을 낳았으니,

65 　숨을 헐떡이는 산모인 나는

　비통에 비통을, 슬픔에 슬픔을 더하였구려.

부시 　절망하지 마십시오, 왕비마마.

왕비 　　누가 나를 막을 수 있겠어요?

　나는 절망할 터이며, 기만하는 희망을

　증오하겠어요. 희망은 아첨꾼이고,

70 　기생충이며, 죽음을 감추는 놈인데,

　죽음이란 놈은 거짓 희망이 끝까지 질질 끌고 가는

　생명의 끈을 부드럽게 풀어버리지요.

　　　　　　[요크 공작 등장.]

그린 　여기 요크 공작이 옵니다.

왕비 　연로하신 목에 전쟁의 표식을 달고 오시네요.

75 　아, 시선은 근심으로 가득 차 있군요!

　시숙부님, 제발, 위안이 되는 말씀을 해주세요.

요크 　그리해야 한다면, 나의 생각을 감추어야 하오.

　위안은 하늘에 있고, 우리는 땅 위에 있는데

땅에는 고난, 근심, 그리고 슬픔밖에 없소.

당신의 남편이 왕권을 주장하여 원정을 떠난 사이에,   80

남들이 쳐들어와 본국에서 그분의 왕권을 빼앗으려 하오.

여기에 나는 폐하의 땅을 지키러 남아있지만,

늙고 허약하여 이 몸 하나도 지탱할 수가 없소.

이제 폐하는 과식으로 인해 질병에 걸리게 되셨으니,

이제 폐하는 아첨하는 총신들을 시험해 보시게 될 것이오.   85

[하인 한 사람 등장.]

하인 나리, 아드님이 제가 오기 전에 떠났습니다.

요크 떠났어? 참, 그래. 될 대로 되는 거지!

귀족들은 달아나고, 평민들은 냉담하니,

허포드를 편들어 반란을 일으키지 않을까 걱정이네.

너는 플래쉬로 가서 내 제수 글로스터 공작부인을 찾아뵙고,   90

내게 곧 1천 파운드를 보내달라고 아뢰라.

잠깐, 나의 반지를 가져가라.[17]

하인 나리, 나리께 말씀드리는 것을 잊었는데,

오늘, 제가 거기 갔을 때, 들렀는데 ─

나머지를 말씀드리면 나리께서 슬퍼하실 것 같습니다.   95

요크 무슨 일이냐?

하인 제가 도착하기 한 시간 전에 공작부인께서 돌아가셨습니다.

---

17. 하인이 공작부인에게 이 반지를 보여주면 하인이 가져온 전갈이 요크로부터 온 것
이라는 증거가 될 것이다.

요크 하느님 자비를 내리소서. 슬픔의 물결이

이 슬픈 땅에 어찌나 일시에 들이닥치는지.

100 어찌할 바를 모르겠구나. 하느님께 바라거니와,

내가 불충한 탓에 그런 것이 아니라면,

왕이 내 아우의 목처럼 내 목도 쳤으면 좋았을 것을.

아니, 아일랜드로 급파된 전령들은 없는가?

이 전쟁을 치를 비용은 어찌해야 하나?

105 자, 누이동생, 아니 질부님라고 해야 하는데, 용서하시오.

여봐라, 너는 어서 돌아가 마차를 준비하여,

거기에 있는 갑옷을 가져오너라.

[하인 퇴장.]

경들, 모병을 해주시겠소.

이렇게 뒤죽박죽으로 벌어지는

110 일들을 어떻게 처리해야 할지 내가 안다 해도,

내 말을 결코 믿지 마시오. 둘 다 나의 친척이오.

한 분은 나의 군주이신데 나의 맹세와 의무가

그 분을 수호하라고 하오. 다른 한 사람은

왕이 부당하게 대한 나의 친척인데

115 양심과 혈연의 정이 그자를 구제하라고 하오.

자, 무언가를 해야 만하오. 자, 질부님,

피난할 자리를 마련해 드리겠소.

경들, 가서 모병을 하시고, 곧 버클리에서 만납시다.

나는 플래쉬에도 가야 하는데,

시간이 없어 안 될 것이오. 전부가 들쭉날쭉하고,
모든 것이 뒤죽박죽이오.

공작, 왕비 퇴장. 부시, [배고트],
그린은 무대에 남는다.

부시 아일랜드로 가는 소식은 순풍을 타고 간다만,
아무 소식도 되돌아오지 않는군. 적들에게
대항할 수 있을 만큼 군대를 모으는 것은
불가능한 일이오.   125

그린 게다가, 우리가 왕에게 총애를 받는다는 것은
왕을 경애하지 않는 자들에게는 미움을 받는다는 것이오.

배고트 그게 변덕스런 평민들이오. 그들은 지갑 속에 있는 것을 가장
　좋아하는지라
누구든 그 지갑을 비우는 자는
그만큼 그들의 가슴을 지독한 미움으로 채우게 되지요.   130

부시 그래서 왕이 만인의 비난을 사고 있는 것이오.

배고트 만일 그들이 재판을 한다면, 우리도 그리 될 것이오.
우리가 늘 왕의 측근에 있었으니까.

그린 자, 나는 바로 브리스토우 성으로 피신하겠소.
윌트셔 백작은 이미 그 곳에 있소.   135

부시 나도 당신과 함께 그리로 가겠소.
분노한 평민들이 우리를 위해 할 일은
들개처럼 우리를 갈기갈기 찢는 일 뿐이오.

당신도 우리와 함께 가겠소?

140 **배고트** 아니오, 나는 아일랜드로 가 폐하와 같이 있겠소.

잘 가시오. 만일 마음의 예감이 헛되지 않는다면,

헤어지는 우리 셋은 다시는 결코 만나지 못할 거요.

부시 그것은 요크가 힘을 모아 볼링브루크를 물리칠 수 있느냐에 달린

일이오.

그린 아, 불쌍한 공작, 그가 맡은 임무는

145 모래알을 세는 일이며, 대양을 다 마셔버리는 일이오.

그분의 편에서 한 사람이 싸울 때, 달아나는 사람은 수천 명일

것이오.

어서 잘 가시오, 한 번이자, 전부요, 영원히 말이오.

부시 자, 우린 다시 만날 수 있을 거요.

배고트 다시는 못 만날까 염려되오.

3장

글로스터셔.

[볼링브루크,] 허포드 공작,
그리고 노섬벌랜드가 군대를 거느리고 등장.

볼링브루크 버클리까지는 거리가 얼마나 되오?

노섬벌랜드 정말이지 각하,

저도 여기 글로스터셔에는 처음 옵니다.

이 높고 황량한 언덕들과 거칠고 울퉁불퉁한 길들이

우리의 여정을 길고 지루하게 만들었습니다.   5

하지만 각하의 좋은 말씀이

힘든 길을 설탕과도 같이 감미롭게 만들어 주었습니다.

하지만 제 생각에도 로스와 윌로비는

각하와 동행하지 못하니 레이븐스퍼러에서 코츠홀까지가

얼마나 지루한 길이 되었겠습니까.   10

저는 각하와 동행하니 여행의 지루함을

감쪽같이 잊어버릴 수 있었다고 단언합니다.

하지만 그들의 여행은 제가 가지고 있는 지금의 혜택을

갖게 되리라는 희망으로 감미로워집니다.

기쁨에 대한 희망은 이미 누린 기쁨 못지않게   15

기쁜 것입니다. 이런 희망으로, 지친 두 경은,

제가 각하를 옆에 모시고 동행하며 그랬던 것처럼,

그들의 여정을 짧다고 생각하게 될 것입니다.

볼링브루크 내가 같이 있는 것보다 공의 찬사가 더 값진 것이오.

20   그런데 누가 이리로 오는 거요?

[해리 퍼시 등장.]

노섬벌랜드 어디서 오는지는 모르겠으나 저의 아우 우스터가 보낸

제 아들놈, 해리 퍼시입니다.

해리, 네 숙부는 어떠시냐?

퍼시 아버님, 저는 아버님으로부터 숙부님의 근황을 알게 될 것으로

생각했는데요.

25 **노섬벌랜드** 아니, 왕비마마와 함께 계시지 않느냐?

퍼시 아닙니다, 아버님. 숙부님은 왕궁을 떠나셨고,

지휘봉을 부러뜨리시고, 왕실 집안사람들을 해산시키셨습니다.

노섬벌랜드 이유가 무엇이지?

지난번 함께 이야기를 나눌 때는 그렇게 확고해 보이지 않았는데.

30 **퍼시** 왜냐면 아버님께서 반역자로 선포되셨기 때문입니다.

그런데, 아버님, 숙부님은 허포드 공작을 섬기러

레이븐스퍼러로 떠나셨습니다.

그리고 저를 보내셨는데, 버클리를 들러 요크 공작이 얼마나

군세를 확보하였나 알아본 다음,

35   레이븐스퍼러로 오라고 지시하셨습니다.

노섬벌랜드 얘야, 허포드 공작님을 잊었니?

퍼시   안 잊었지요, 아버님. 제가 기억할 수 없는 것은

   잊은 것이 아니니까요.

   제가 알기로는 한 번도 뵌 적이 없습니다.

노섬벌랜드   그러면 지금 인사드려라. 이 분이 공작님이시다.   40

퍼시   전하, 저의 충성을 바치나이다.

   지금은 보시다시피, 미숙하고, 설익고, 어리오나,

   세월이 지나면 단단하게 성숙하여

   전하께 충성을 다하는 가치가 있는 사람이 되겠습니다.

볼링브루크   고맙소, 퍼시.   45

   나는 좋은 친구들을 기억하는 것만큼

   행복한 일은 없다고 여기는 사람이라 믿어도 좋소.

   내 운명이 그대의 충정으로 영글어가면서,

   그대의 진정한 충정을 언제나 보상해 줄 것이오.

   내 가슴이 이 계약서를 만들고, 내 손이 이렇게 날인하오.   50

노섬벌랜드   버클리까지는 얼마나 되느냐, 그리고 무슨 일이 생겨

   요크 어르신께서는 거기서 병사들과 함께 머무르고 계시냐?

퍼시   저기 나무 수풀 옆에 성이 있는데,

   제가 듣기로, 3백 명이 지키고 있고,

   그 안에 요크 경, 버클리 경, 그리고 세이머 경이 있는데,   55

   이름과 지체가 높으신 양반은 더 이상 없다고 합니다.

[로스와 윌로우비 등장.]

노섬벌랜드   로스 경과 윌로우비 경이 이리로 오는데,

긴급히 말을 몰고 오느라 벌겋게 달아올라 있군요.

볼링브루크 환영하오, 경들. 나는 경들의 충정이 추방된 역적 한 사람을

60　　　　　따르고 있다는 것을 알고 있소. 내가 드릴 재물은

아직은 만져 볼 수 없는 감사밖에 없으나, 이것이 풍성해지면

그대들의 충정과 노고에 대한 보상이 될 것이오.

로스 당신이 계셔주시니 저희가 풍족해졌습니다, 고귀하신 각하.

윌로우비　　　그리고 저희들의 노고는 보상이 되고도 남습니다.

65　**볼링브루크** 가난한 자가 줄 수 있는 것이라고는 감사밖에 없소.

나의 어린 운명이 성장하기까지는 이것이 내가 베푸는 하사금이오.

그런데 누가 이리로 오는 것이오?

[버클리 등장.]

노섬벌랜드 버클리 경인 것 같습니다.

버클리 허포드 공작 각하, 당신께 드리는 전언이옵니다.

70　**볼링브루크** 경, 내 대답을 들으려면 랭커스터라고 부르시오.

나는 영국에 그 이름을 찾으러 왔소.

그러니 그대가 말하는 것에 대해 답변하기 전에

그대의 말에서 그 칭호를 찾아야만 하겠소.

버클리 오해하지 마십시오. 저의 취지는

75　　　　　당신의 명예로운 칭호를 지워버리고자 함이 아닙니다.

저는, 당신의 칭호가 어떠하든, 이 나라의 가장 인자하신

섭정이신 요크 공작으로부터

무슨 연유로 왕이 부재한 시간을 틈타

사사로이 무기를 들고 조국의 평화를
위협하는지 알아보기 위해 당신께 왔습니다.　　　　　　　80

[요크가 수행원을 거느리고 등장.]

볼링브루크　내 말을 그대를 통해 전달할 필요가 없겠소.
이리로 요크 공작께서 친히 오시는구려. 숙부님!

[무릎을 꿇는다.]

요크　너의 무릎이 아니라, 너의 겸손한 마음을 내게 보여 다오.
무릎을 꿇는 것은 눈을 속이는 허위이기도 하지.

볼링브루크　인자하신 숙부님 ─　　　　　　　　　　　　85

요크　쯧쯧! 인자는 무슨 놈의 인자며, 숙부는 무슨 놈의 숙부냐.
나는 어떤 반역자의 숙부도 아니다. 그리고 그 "인자"라는 말은
배은망덕한 입에서는 불경스러울 따름이다.
왜 추방당해 입국이 금지된 너의 두 다리가
감히 다시 영국 땅의 흙을 밟았느냐?　　　　　　　　90
그런데 더 "왜"라고 묻는다. 왜 전쟁과
경멸스런 무기의 과시로
하얗게 질린 마을들을 겁주며
영국의 평화로운 가슴을 딛고 그렇게 길게 행진하는 것이냐?
도유를 받으신 왕께서 부재중이라고 오는 게냐?　　　　95
어리석은 애야, 왕은 뒤에 건재하고,

나의 충직한 가슴엔 그분의 권세가 담겨 있다.

내가 지금, 너의 부친인 용감한 곤트와 함께

사람들의 젊은 군신인 흑태자[18]를

100 수천 명의 프랑스 군 진중에서

구해냈을 때처럼, 열혈 청년이라면

아, 그러면, 이젠 중풍에 걸린

내 팔이 얼마나 빨리 네놈을 징벌하고

네놈의 잘못을 교정해 줄 수 있겠는가!

105 **볼링브루크** 숙부님, 제 잘못이 무엇인지 말씀해 주십시오.

처한 상황과 그 내용에 대해 말입니다.

요크 흉악한 모반과 가증스런 반역으로

그 상황은 가히 최악이라고 할 수 있지.

너는 추방된 놈인데, 그 기간이

110 다하기도 전에, 너의 주군에 대항해

무기를 앞세우고 여기로 왔다.

볼링브루크 추방될 때는 허포드로 추방되었으나,

올 때는 랭커스터의 자격을 주장하러 왔습니다.

그리고 숙부님, 간청합니다만,

115 제가 당한 부당함을 공정한 눈으로 보십시오.

당신은 저의 아버지이십니다. 왜냐면 당신 속에서

저는 선친 곤트가 살아계심을 보니까요.

아, 그러니, 저의 아버지,

---

18. 리처드 2세의 아버지인 에드워드 3세(Edward III)의 장자 에드워드.

당신은 제가 죄인으로 선고되어, 정처 없는 거지가 되고

저의 권리와 특권은 모두 박탈되어, 벼락출세한 낭비꾼들에게

　주어지는 것을　　　　　　　　　　　　　　　　　　　120

허락하시겠습니까? 제가 태어난 이유가 무엇입니까?

만일 저의 사촌인 왕이 영국의 왕이라면,

저는 마땅히 랭커스터 공작이어야만 합니다.

숙부님께도 저의 사촌인, 아들 오멀이 있으시지요.

만일 숙부님이 먼저 돌아가시고, 오멀이 이렇게 짓밟혔다면,　　125

그는 백부인 곤트를 아버지로 여기고,

자기가 당한 부당한 일을 폭로하고 끝까지 추궁하였을 것입니다.

저는 여기서 상속재산 소송을 거절당했습니다.

하지만 그것은 특허장에 따른 저의 권리입니다.

저의 아버지의 물건들은 모두 압류되어 매각되고 있고,　　　130

이들 모두가 부당하게 사용되고 있습니다.

제가 어떻게 하면 좋겠습니까? 저는 일개의 신하입니다.

저의 법적 권리를 주장한다 해도

법정 대리인을 쓰는 것이 거부됩니다. 그러므로

개인적으로 저는 저의 정당한 상속권을 주장하는 것입니다.　　135

노섬벌랜드 　공작께서는 너무 심히 부당한 처우를 받으셨습니다.

로스 　공께서 이를 바로 잡으셔야 합니다.

윌로우비 　비천한 자들이 공작의 재산으로 높은 신분이 되었습니다.

요크 　영국의 경들이여, 내 말을 들어보시오.

나도 내 조카가 당한 부당한 일에 대해 유감이었소.　　　　　140

　　　　그래서 최대한 조카에게 합당하게 해주려고 노력하였소.

　　　　하지만 이런 식으로 무기를 앞세우며

　　　　자기의 칼로 자기의 진로를 헤쳐 나가

　　　　악으로 선을 이루려고 하다니－이는 있을 수 없는 일이오.

145　　　그리고 이런 식으로 조카를 교사하는 그대들은

　　　　반란을 마음에 품은 것이며, 모두가 역적인 것이오.

노섬벌랜드　공작께서는 단지 자기 자신의 권리를 찾기 위해

　　　　오시는 것이라 맹세하였소. 그리고 그 권리를 위하여

　　　　우리 모두는 그분께 도움을 드리기로 굳건히 다짐하였소.

150　　　그 맹세를 어기는 자에게는 결코 기쁨이 없을 것이오.

요크　자, 자, 이 무력행사의 결과가 어찌될지를 알겠구나.

　　　　실토하지만, 나도 어찌할 도리가 없소.

　　　　나의 힘은 약하고, 모든 게 뒤죽박죽이기 때문이오.

　　　　하지만 만일 할 수만 있다면, 내게 생명을 주신 하느님께 걸고,

155　　　그대들을 모두 체포하여

　　　　국왕 폐하의 자비에 무릎을 꿇리고 싶소.

　　　　하지만 그렇게 할 수 없으니, 그대들에게 알리거니와,

　　　　나는 중립을 지키겠소. 그러니 안녕히 가시오.

　　　　기꺼이 성 내로 들어가서

160　　　오늘밤 거기서 쉬고 싶지 않다면 말이오.

볼링브루크　숙부님, 그 제안을 받아들이겠습니다.

　　　　하지만 숙부님께서는 우리와 함께

　　　　브리스토우 성으로 가셔야겠습니다.

국가를 좀먹는 해충인 부시와 배고트,
그리고 그들의 공모자들이 그 안에 있다고 하는데   165
이들을 솎아내 근절하기로 맹세하였습니다.

요크 내가 그대들과 같이 갈 수도 있겠지.
하지만 국법을 어기는 것을 원하지 않으니 그만 두겠소.
친구도 아니고 적도 아닌 입장에서 그대들을 환영하오.
수습할 수 없는 일을 걱정한들 무슨 소용 있소.   170

[퇴장.]

4장

웨일즈.

솔즈베리 백작과 웨일즈 군 대장 등장.

대장   솔즈베리 백작님, 저희들은 열흘이나 더 머물렀습니다.

우리 동포들을 겨우 소집해 두고 있는 형편인데

아직 왕으로부터 소식을 듣지 못하고 있습니다.

그러므로 이제 저희는 해산하겠습니다. 안녕히 계십시오.

5   **솔즈베리**   하루만 더 기다려 주시오. 믿음직한 웨일즈 친구.

왕께서 그대를 전적으로 신뢰하고 있소.

대장   왕께서는 돌아가셨다고 합니다. 저희들은 기다리지 않겠습니다.

우리나라에 있는 월계수들은 모두 시들어 버렸고,

유성들은 하늘의 항성들을 위협하며,

10   창백한 얼굴을 한 달은 핏빛을 머금은 채 지상을 내려다보고,

여위어 보이는 예언자들은 무서운 변화가 있으리라 수군거리고,

부자들은 슬픈 표정을 짓고, 불한당들은 춤추고 날뛰니,

전자는 가진 것을 잃을까 두려워 그런 거고,

후자는 폭동과 전쟁 통에 얻을 게 있으리라는 기대에서 그런 거지요.

15   이런 징후들은 왕들의 죽음이나 몰락에 앞서 나타납니다.

안녕히 계십시오. 우리 동포들은 그들의 왕 리처드가 죽었다고

확신하고,

다 떠나버리고 말았습니다.   [퇴장.]

솔즈베리 아, 리처드! 무거운 마음의 눈으로

저는 당신의 영광이 유성처럼

하늘에서 천한 지상으로 떨어지는 것을 봅니다.   20

당신의 해가 다가올 폭풍과 비애와 불안을 바라보면서

나직한 서녘으로 눈물을 지으며 저물고 있습니다.

당신의 친구들은 당신의 적들을 섬기러 달아나버렸고,

모든 운명이 당신에게 불리하게 돌아가고 있습니다.   [퇴장.]

3막

1장

브리스톨. 성 앞.

볼링브루크, 요크, 노섬벌랜드,
다른 귀족과 병사들, 포로가 된 부시와 그린 등장.

볼링브루크 이자들을 데려오시오.

부시와 그린, 이제 곧 너희 영혼이 너희 육신을 떠날 것이니

나는 너희들이 저지른 악행을 지나치게 추궁하여

너희 영혼을 괴롭히진 않겠다.

5 　그건 자비롭지 못한 일이니까. 하지만 너희 피를

내 손에서 씻어 내고자, 사람들이 보는 앞에서,

너희들을 사형에 처하는 이유를 몇 가지 밝혀 두겠다.

너희들은 군주이자 군왕이신 분을 잘못된 길로 인도하여

훌륭한 혈통과 수려한 용모를 가진 그분을

10 　불행에 빠뜨리고 아주 추악하게 만들어 놓았다.

너희들은 왕과 사악한 시간을 가짐으로써

왕비와 왕 사이를 갈라놓았고,

군왕의 침상을 범하였으며,

너희들의 악행 때문에 흘린 눈물로

15 　고운 왕비의 아름다운 뺨이 얼룩지게 하였다.

나로 말할 것 같으면, 왕족으로 태어나서,

혈통으로나 친분으로나 왕에게 가까웠지만

너희들의 무고로 왕의 오해를 받아,

너희들의 중상모략 아래 고개를 숙여야 했고,

유배생활 중 메마른 빵을 먹으며,   20

이국의 구름 속에서 외롭게 탄식하였다.

그동안 너희들은 내 영지에서 먹고 살며

내 수렵지를 개방하고, 내 삼림을 벌목하며,

내 집 창문에서 가문의 문장을 뜯어내고,

내 기장을 지워버렸으니,   25

세간의 평판과 나의 혈통을 제외하고는

내가 귀족임을 입증할 수 있는 어떤 표지도 내게

    남겨놓지 않았다.

이상과 같은 죄목이 아니라, 이보다 두 배나 더 큰 죄목이 있어

너희들을 사형에 처하노라.

저자들을 형장에 보내 죽음의 손에 인도하시오.   30

부시   볼링브루크가 영국에 오느니

    죽음의 날벼락을 맞는 것을 더 환영하겠소. 경들, 안녕히 계시오.

그린   하늘이 우리의 영혼을 받아 주시고,

    지옥의 형벌로 불의를 응징하실 것이라고 생각하니 위로가 되오.

볼링브루크   노섬벌랜드 경, 저자들을 처형토록 하시오.   35

[노섬벌랜드, 부시와 그린과 함께 퇴장.]

숙부님, 왕비께서는 숙부님 댁에 계신다고 하셨지요?

부디 왕비를 잘 모셔주십시오.

제가 충심으로 안부를 올린다고 말씀해 주시고,

저의 인사가 잘 전달되도록 각별히 유념해 주십시오.

40 **요크**　내 인편을 통해 왕비폐하께

조카의 호의로 가득한 서신을 급히 보내드렸네.

볼링브루크　감사합니다, 숙부님. 자, 경들,

글렌다워 일당과 싸우러 갑시다.

잠시 일하면, 그 후엔 휴일이 기다리고 있소.

2장

웨일즈 해안, 바클로울리 성 근처.

리처드 왕, 오멀, 카알라일 주교 등이 등장.
[북소리, 나팔소리, 그리고 군기]

리처드 이곳이 바클로울리 성이던가?

오멀 그렇습니다, 폐하. 거친 바다에 시달리시고 난 후인데
이 공기가 어떻습니까?

리처드 좋다마다. 나의 왕국에

다시 서게 되니 기뻐 눈물이 나오.   5

친애하는 대지여, 너에게 손으로 인사를 하노라.

비록 반역자들이 말발굽으로 너를 상하게 해도,

아이와 오래 떨어져 있던 어미가 다시 만나서

울다 웃으며 어리석게 놀듯이,

그렇게 울며, 웃으며, 너에게 인사하노라, 내 대지여,   10

그리고 이 제왕의 손으로 너에게 은혜를 베푸노라.

내 인자한 대지여, 네 주군의 적을 배불리 먹이지 말고,

네 진미로 그자의 게걸스런 식욕을 달래지 말라.

아니 네 독기를 빨아들이는 거미들과

느림보 두꺼비들을 그들이 가는 길목에 놓아   15

찬탈의 발걸음으로 그대를 짓밟는

배신의 발길에 걸림돌이 되게 하라.

나의 적들에게 따끔한 쐐기풀 맛을 보여주어라.

그리고 그들이 너의 가슴에서 꽃 한 송이를 꺾을 때는

20   부디, 숨어 있는 독사 한 마리로 그 꽃을 지켜다오.

그 뱀의 갈라진 혀가 뿜는 치명적인 독에 닿아

네 주군의 적들이 죽음을 당하게 되기를.

경들, 감각이 없는 것에게 하는 나의 주문을 비웃지 마시오.

이 대지는 감정을 가질 것이며, 이 돌들은

25   이 고국의 왕이 몹쓸 반역의 무기 밑에서

비틀거리기 전에 무장한 군인이 될 것이오.

카알라일 두려워 마십시오, 폐하. 당신을 왕으로 만든 힘은 어떤 일이

있더라도

당신을 왕으로 지켜줄 힘을 가지고 있습니다.

하늘이 주시는 수단을 포용하시고,

30   방치하지 마셔야 합니다. 그렇지 않으면

우리가 하늘의 뜻을 거스르는 것이며,

하늘이 내려주시는 구조과 지원의 수단을 거절하는 것입니다.

오멀 폐하, 이 분의 말은, 우리가 너무 태만한 반면

볼링브루크는 우리들의 방심을 틈타

35   점점 더 힘이 강대해지고 있다는 뜻입니다.

리처드 심기를 불편케 하는, 사촌, 자네도 알지 않는가?

면밀한 하늘의 눈이 지구 뒤편에 숨어

저 아래 세계를 비추는 그때

도둑과 강도들이 보이지 않게 활보하며

대담하게 이곳에서 살인과 폭행을 저지른다는 것을.   40

하지만 지구 아래로부터 태양이

동녘 소나무들의 당당한 꼭대기에 불을 붙이고

죄를 진 구멍마다 그의 빛을 비쳐 넣으면,

살인, 반역, 그리고 가증스런 죄악들은

밤의 외투를 그들의 등 위에서 빼앗긴 채   45

벌거벗은 채로 서서 덜덜 떨고 있는 것을?

그래서 이 도둑, 이 반역자, 볼링브루크가

짐이 지구 반대편에 가서 배회하고 있는 동안

야밤에 내내 흥청거리고 놀다가

짐이 동녘 옥좌에서 떠오르는 것을 보면,   50

그자의 모반이 대낮의 광채를

견디지 못하고, 얼굴을 붉히며 앉아,

스스로 놀라 자기 죄에 몸서리칠 것이오.

거친 바다의 모든 물을 가지고도

신이 왕에게 바른 향유를 씻어낼 수 없소.   55

세상 사람들의 언사로는 주님이 택하신 대리자를 폐위할 수 없소.

짐의 황금 왕관에 대항해 날카로운 쇠붙이를 쳐들도록

볼링브루크가 징집한 모든 사람마다,

하느님은 당신의 리처드를 위해 하늘의 보상으로

영광스런 천사를 하나씩 내어주시오.   60

그러므로 만일 천사가 싸우면

약한 인간은 쓰러지는 법이오. 하늘은 언제나 옳은 자를
지켜주시니까.

솔즈버리 등장.

잘 왔소. 경의 군대는 얼마나 떨어져 있소?

솔즈베리 이 약한 팔보다

65 더 가깝지도, 멀지도 않습니다, 폐하. 아뢰옵기 황송하오나,
절망 밖에는 드릴 말씀이 없습니다.
죄송하오나, 폐하, 하루가 늦는 바람에,
당신이 지상에서 누리실 행복한 날들에 구름이 끼었나이다.
아, 어제를 다시 불러들이시고, 시간을 되돌리십시오.

70 그러면 폐하께서는 1만 2천 명의 군사를 갖게 되실 것입니다.
오늘, 너무 늦어버린 불행한 날, 오늘은 당신의 기쁨과,
친구와, 행운과, 당신의 지위를 뒤엎어버렸습니다.
당신이 돌아가셨다는 소식에 웨일즈인 모두가
볼링브루크에게 가고, 흩어지고, 도주했습니다.

75 **오멀** 고정하십시오, 폐하. 왜 그리 창백해 보이십니까?

리처드 방금까지도 1만 2천 명의 병사의 피가
내 얼굴에서 의기양양했는데, 다 달아나 버렸다.
그러니 그 만큼의 피가 이리로 다시 올 때까지
내가 창백히 죽은 듯이 보여야 되지 않겠느냐?

80 살고 싶은 자는 다 내 곁을 떠나라,
시간이 나의 자존심에 흠집을 내었으니.

오멀 고정하십시오, 폐하, 폐하께서 누구신지를 기억하십시오.

리처드 내가 나를 잊었었구나. 내가 왕이 아니더냐?

일어나라, 그대 겁쟁이 왕아! 그대는 잠자고 있구나.

왕의 이름은 2만 명의 이름에 버금가지 않더냐?   85

무장하라, 무장하라, 왕의 이름아! 보잘 것 없는 신하 하나가

그대의 위대한 영광을 공격한다. 땅을 보지 말라,

그대 왕의 총신들이여, 짐이 높이 있지 아니한가?

짐의 생각도 높을 지어다. 나의 숙부 요크께서

짐에게 도움이 될 병력을 충분히 가지신 줄로 아오.   90

근데 누가 이리로 오는 거지?

스크루프 등장.

스크루프 근심에 곡조를 맞춘 이 혀가 말씀드릴 수 있는 이상으로

건강과 행복이 폐하와 함께 하기를 바라옵나이다.

리처드 내 귀는 열려있고, 내 마음도 준비되어 있다.

그대가 털어놓을 최악의 것이라야 고작 세속적 손실이다.

자, 나의 왕국이 사라졌나? 글쎄, 그게 내겐 근심거리였는데   95

근심을 없앤 것이 무슨 상실이란 말이냐?

볼링브루크가 짐만큼 높아지려고 애쓰고 있나?

그자가 나보다 높아질 수는 없지. 만일 그자가 하느님을 섬기면,

짐도 역시 하느님을 섬길 것이고, 그렇게 그자의 동료가 될 것이다.

짐의 신하들이 반역을 꾀하고 있나? 그것은 짐이 고칠 수 없는

일이지.   100

그자들은 짐뿐만 아니라 하느님께 한 서약도 깨뜨린다.

비통, 파괴, 파멸, 황폐를 외쳐라.

최악의 상황은 죽음인데, 죽음은 누구도 피할 수 없다.

스크루프 전하께서 재앙의 소식을 견디실 만큼

105 무장을 하고 계시니 기쁩니다.

때 아닌 폭풍이 치는 날

마치 세상이 다 녹아 온통 눈물이 된 듯이,

은빛 강이 강변에 넘쳐나는 것처럼

그렇게 볼링브루크의 분노가 그의 한도를 넘어 솟아올라,

110 겁에 질린 폐하의 영토를 단단하고 번득이는 쇠붙이와

강철보다 더 단단한 심장들로 뒤덮고 있습니다.

턱수염이 허연 노인들도 폐하에 대항해

여윈 대머리에 투구를 쓰고, 계집 같은 목소리를 가진 소년들도

우렁차게 말하려고 애쓰고, 폐하의 왕권에 대항하여 여자같이

115 약한 관절을 뻣뻣하고 다루기 힘든 갑옷에 채웁니다.

폐하의 기도승들조차도 지존하신 폐하를 겨냥해 이중으로

치명적인 주목[19]으로 만든 활시위를 당기기를 배웁니다.

게다가, 물레질 하는 계집들도 녹슨 창을 당신의 왕좌에 대항해

휘두르고 있습니다. 젊은 것이나 늙은 것이나 반란을 일으키니

120 아뢰옵기 어려울 정도로 모든 상황이 나쁩니다.

리처드 그렇게 안 좋은 이야기를 그대는 너무도 잘 하는구나.

---

19. 주목은 활을 만들 때 쓰이는 목재로뿐 아니라 그 열매의 독성으로 말미암아 이중
으로 치명적이라고 한다.

윌트셔 백작은 어디 있나? 배고트는 어디 있고?

부시는 어찌되었느냐? 그린은 어디 있고?

그들이 이 위험한 적으로 하여금

짐의 영토를 평화롭게 거닐게 하였단 말인가?   125

짐이 승리하면 그들의 목을 쳐 대가를 지불하게 하리라.

그들이 볼링브루크와 강화를 맺었음이 확실하다.

스크루프 그들이 진정 그자와 강화를 맺었나이다, 폐하.

리처드 아, 악당들, 독사들, 구원을 못 받고 저주받은 놈들!

누구에게나 알랑거리게 쉽사리 길들여진 개들!   130

내 심장의 피로 덥혀지고도 내 심장을 무는 뱀들!

세 놈의 유다들, 각각 한 놈이 유다보다 세 배나 나쁘지!

그놈들이 강화를 맺으려 해? 끔찍한 지옥이

이 일로 더럽혀진 그들의 영혼을 징벌하렷다!

스크루프 달콤한 사랑도 그 성질이 바뀌며   135

가장 역겹고 지독한 증오가 되는군요.

그들의 영혼에 대한 저주를 취소하십시오.

그들은 손이 아니라 머리로 강화를 맺은 것입니다.

당신이 저주한 이들은 최악의 치명상을 입고

우묵한 땅 속에 묻혀 아주 낮게 누워있습니다.   140

오멀 부시, 그린, 그리고 윌트셔 백작도 죽었습니까?

스크루프 그렇소. 그들 모두가 브리스토우에서 참수되었소.

오멀 나의 부친, 요크 공작은 어디에서 군대를 거느리고 계십니까?

리처드 어디 있든 상관없다. 아무도 위로의 말을 하지 말라.

무덤, 구더기, 그리고 묘비명 이야기나 하자구나.
흙으로 종이를 삼고, 비 오듯 떨어지는 눈물로
땅의 한가운데에 슬픔을 적어보자.
집행인들을 선정하여 유언을 말해보자.
아니야, 그게 아니지. 폐위된 몸뚱이 외에
짐이 이 땅에 무엇을 남겨 놓을 수 있단 말인가?
짐의 영토도, 짐의 생명도, 전부가 다 볼링브루크의 것이다.
또 죽음 말고는, 짐의 유골의 껍데기가 되어주는
메마른 흙으로 된 작은 무덤 말고는
아무것도 짐의 것이라 할 수 있는 게 없구나.
자, 우리 땅 바닥에 주저앉아
왕들의 죽음에 대한 슬픈 이야기나 하자구나.
폐위되기도 하고, 전사하기도 하고,
폐위된 원혼에 씌어 괴롭힘을 당하기도 하고,
부인에게 독살되기도 하고, 자다가 죽임을 당하기도 하고,
모두가 다 살해되었지. 죽으면 썩어 없어질 왕의 관자놀이를
둘러싸고 있는 텅 빈 왕관 내부에는
죽음이 왕궁을 지키고 있고, 거기에 광대가 앉아
왕의 위세를 조롱하고 왕의 위엄을 비웃지.
군림하며, 겁을 주고, 눈길로 기죽이는,
한 순간, 짧은 한 장면을 왕이 연출케 하며,
마치 짐의 생명을 감싸고 있는 이 육신이
난공불락의 철옹성인 양, 왕에게 헛된 자만심을 불어 넣지.

그리고 이렇게 기분을 내고 나면

마침내 죽음이 찾아오고, 작은 바늘 하나가

왕의 성벽을 뚫으니, 그러면 왕이여 안녕이지! 170

모자를 벗을 필요는 없소. 그렇게 엄숙한 경의로

살과 피로 된 인간을 조롱하지 마시오. 존경이니, 전통이니,

형식이니, 의례적 책임 따윈 던져 버리시오.

그동안 경들은 나를 잘못 본 것이오.

나도 경들과 같이 빵을 먹고 살고, 부족한 것도 알고, 175

슬픔도 느끼고, 친구도 필요하다오. 이렇게 인정에 매여 있으니

경들이 어찌 나를 왕이라고 할 수 있겠소.

카알라일 폐하, 현명한 자는 앉아서 자기의 신세를 한탄하지 않고,

한탄의 여지를 바로 없애버리는 법입니다.

적을 두려워하면, 두려움이 힘을 억눌러, 180

폐하가 약해지는 가운데, 적은 더 강해지는 법입니다.

그러니 어리석게 행동하시면 폐하께서는 폐하 자신과 싸우시는

것이 됩니다.

두려워하다 피살되는 것만큼 싸움에서 나쁜 것은 없습니다.

그러니 싸우다가 죽으면 죽음을 없애고 죽는 것이지만,

두려워하다 죽으면 죽음의 노예로 죽는 것입니다. 185

오멀 제 부친이 군대를 거느리고 있으니, 그분께 물어보시고,

지체 하나로 온몸 하나를 만들 방법을 찾으십시오.

리처드 좋은 질책이오. 오만한 볼링브루크,

너와 운명을 건 일전을 치르러 내가 간다.

190 두려움에서 온 오한은 이제 끝났다.

내 것을 되찾는 것은 쉬운 일이지.

자, 스크루프, 나의 숙부님은 어디에서 군대를 거느리고 계신가?

자네의 표정은 씁쓰레해 보이네만, 말은 듣기 좋게 해주게.

스크루프 하늘의 빛깔을 보고

195 그 날의 일기를 알 수 있듯이,

폐하께선 저의 침울한 눈을 보고 짐작하실 수 있을 것입니다.

저는 무거운 이야기밖에 할 말이 없습니다.

실토할 수밖에 없는 최악의 소식을 조금씩 연장해가는

고문 집행자가 된 것 같군요.

200 폐하의 숙부 요크 공은 볼링브루크와 합류하였으며,

폐하의 북쪽 성들은 모두 항복하였고,

폐하의 남쪽 귀족들도 모두 무장한 채로

볼링브루크의 편이 되었습니다.

리처드 그만 하시오.

[오멀에게] 천벌을 받을 사촌. 그대는

205 안락한 길에 있던 나를 절망의 구렁으로 밀어 넣었소.

무슨 할 말이 있소? 이제 짐에게 무슨 위안이 있겠소?

하늘에 맹세코, 앞으로 내게 위안이 있으리라고

말하는 자는 내가 영원토록 증오하리다.

플린트 성으로 가자. 거기서 여위어 갈 것이니.

210 비통의 노예가 된 왕이, 왕이 된 비통에게 복종할 것이오.

내가 거느린 군대는 해산하고, 각자 돌아가

수확할 수 있는 땅에서 농사나 지으라고 하라,

이제 내게는 아무런 희망이 없으니까. 내 영을 번복하려고

어떤 말도 다시 하지 말라. 조언은 다 헛된 것이니.

오멀   폐하, 한 말씀만.

리처드   아첨의 말로 내게 상처를 주는 자는   215

갑절로 나를 욕보이는 것이오.

나의 부대를 해산하고, 모두 여기를 떠나

리처드의 밤에서 볼링브루크의 밝은 낮으로 가게 하라.

3장

웨일즈, 플린트 성 앞.

[북소리와 군기와 함께] 볼링브루크, 요크, 노섬벌랜드,
[수행원들과 병사] 등장.

볼링브루크　그러니 우리들이 알고 있는 정보에 따르면
　　　　　웨일즈 군은 해산되었고, 솔즈베리는,
　　　　　소수의 측근들과 함께 최근 이 해안에
　　　　　상륙한 왕을 만나러 간 것이오.

5 **노섬벌랜드**　매우 좋은 소식입니다. 각하.
　　　　　리처드는 이 근처 어디에서 머리를 숨기고 있습니다.

요크　노섬벌랜드 경은 "리처드 왕"이라고 칭해야 했을 것이오.
　　　　아, 슬픈 날이로다.
　　　　성스러운 왕께서 이렇게 머리를 감추셔야 하다니.

10 **노섬벌랜드**　그것은 오해이십니다. 그저 간단히 말하려고
　　　　　그분의 칭호를 생략한 것입니다.

요크　　예전 같았으면,
　　　　만일 당신이 그렇게 간단히 대하려 했다면,
　　　　왕께서도 당신을 간단히 대하여, 칭호를 생략한 대가로,
　　　　당신의 머리를 잘라 당신의 키를 줄여주셨을 거요.

15 **볼링브루크**　숙부님, 필요 이상으로 나쁘게 해석하진 마십시오.

요크   조카야말로, 필요 이상으로 해석하진 말게,

         잘못 해석하지 않으려거든. 하늘이 굽어보고 계시네.

볼링브루크   알고 있습니다, 숙부님. 그리고 저는 하늘의 뜻을

         거스르지 않습니다. 그런데 여기 오는 이가 누군가?

퍼시 등장.

         잘 왔네, 해리. 그래, 이 성은 항복할 것 같지 않은가?   20

퍼시   이 성은 왕성으로 무장하고 각하의 입성에 저항하고 있습니다.

볼링브루크   왕성으로라니!

         설마 왕이 안에 있는 것은 아닐 테지?

퍼시   아닙니다, 각하.

         안에 왕이 있습니다. 리처드 왕이

         저기 석회와 돌로 된 성 안에 있고,   25

         오멀 경, 솔즈베리 경, 스티븐 스크루프 경도 함께 있습니다.

         그 밖에 성직자가 한 명 있는데,

         누군지는 모르겠습니다.

노섬벌랜드   아, 아마도 카알라일 주교일 겁니다.

볼링브루크   경은,   30

         고성의 거친 방벽으로 가서

         놋쇠 나팔을 불어 무너진 성벽 구멍으로 회담의 신호를

         보내고, 이렇게 전달하시오.

         헨리 볼링브루크는

         두 무릎을 꿇고 리처드 왕의 손에 입을 맞추며,   35

충의와 신실한 마음을 폐하께 바칩니다.
저의 무기와 병력을 내려놓으려
여기 폐하의 발 앞에까지 왔나이다.
저의 추방 취하와 영지 회복이
40   순조롭게 허락된다는 조건으로 말입니다.
그게 아니라면 저의 병력을 이용하여
살상된 영국인의 상처에서 내리는 피의 소나기로
여름날의 먼지들을 씻어 내릴 것입니다.
하지만, 피 비린내 나는 폭풍으로
45   리처드 왕의 수려한 땅에 난 신록을 붉게 물들이는 것은
볼링브루크가 뜻하는 바가 전혀 아니라는 것을
무릎을 꿇어 공손히 보여드릴 것입니다.
가서 이렇게 전하시오. 그동안 우리는
잔디가 융단처럼 깔린 이 들판을 행진하겠소.
50   위협적인 북소리는 내지 말고 행진합시다.
이 성의 흉벽에서 총안을 통해
우리들의 멋진 무기와 장비를 잘 볼 수 있게 말이요.
내 생각에 리처드 왕과 내가 만나면
불과 물이 만나는 것만큼이나 무서울 것이오.
55   천둥의 굉음이 울릴 때 그들이 만나
구름 낀 하늘의 두 볼을 찢어놓는 것처럼 말이오.
그분은 불이 되라 하시오. 나는 온순한 물이 되겠소.
분노는 그분의 몫이라 하시오, 나는 땅 위에 빗물을 내리겠소.

그분에게가 아니라, 땅 위에 말이오.

행진을 계속하시오. 그리고 리처드 왕의 모습을 살피시오.　　　60

　　　밖에서 회담을 알리는 나팔들이 울리고, 안에서도 대답한다.
　　　　　　　그리고는 팡파르가 울린다.
　　　　　　　　리처드가 성벽 위에
　　[카알라일 주교, 오멀, 스크루프, 솔즈베리와 함께] 나타난다.

자, 저기, 리처드 왕이 몸소 나오셨소.

마치 태양이, 자기의 영광을 흐리고,

서쪽으로 가는 밝은 길을 얼룩지게 하려는

시기심 많은 구름의 의도를 간파한 양,

동녘의 불타는 문에서부터　　　　　　　　　　　　　　65

불편한 심기로 얼굴을 붉히며 나오듯이.

요크 아직 왕의 풍채를 가지고 계시군요. 저 눈을 보시오.

독수리의 눈처럼 빛나고, 군주의 위세를

떨치고 있소. 아, 아, 슬프다.

해로운 일이 생겨서 저렇게 좋은 모습을 더럽힐 수도 있으니.　　70

리처드 [노섬벌랜드에게] 놀랄 일이로구나. 짐은 경이 황공해 하며

무릎을 꿇는 것을 보려고 이렇게 오래 서 있었노라.

짐이 경의 적법한 왕이라 생각했기 때문이다.

그게 사실인즉, 어찌 감히 경의 무릎은

짐의 면전에서 경의를 표하는 것을 잊었단 말이냐?　　　　　75

만일 짐이 적법한 왕이 아니라면

짐에게서 대리자의 권리를 박탈한 하느님의 서명을 보여 다오.

신성모독을 하거나, 절취하거나, 찬탈을 하지 아니하고는

피와 뼈로 된 어떤 인간도

80   이 신성한 왕홀의 손잡이를 잡을 수 없다.

그리고 경은 생각하겠지, 모두가, 경도 그랬듯이,

짐을 배반하여 자기의 영혼을 더럽혔고,

짐은 벗들을 다 잃어버린 것으로 말이오.

하지만, 알아 두시오. 나의 주인, 전능하신 하느님께서는

85   구름 속에서 짐을 위해

역병의 군대[20]를 모으고 계시오. 그러니 이 군대가,

내 머리를 향해 그대의 비열한 손을 치켜들고

내 소중한 왕관의 영광을 위협하는,

아직 나지도 않은 그대의 자손들을 징벌할 것이오.

90   저기 서 있는 것 같은데, 볼링브루크에게 말하라.

내 영토에서 그자가 내딛는 모든 걸음이

다 위험한 반역이라고. 이제 그자는

유혈의 전쟁을 몰고 올 붉은 유서를 개봉하러 온 것이오.

하지만 그자가 바라는 왕관에 평화가 깃들려면

95   1만 명의 아들들의 정수리가 흘린 피가

영국의 강토에 핀 볼썽사나운 꽃이 될 것이니,

처녀처럼 창백한 평화의 안색이

선홍빛 분노로 변하며, 충성스러운 영국민의 피로

---

20. 하느님께서 역병으로 이집트를 징벌한 일들을 연상케 하는 언급이다. 출애굽기
    7-11 참고.

고국의 풀밭을 물들여야 할 것이오.

노섬벌랜드　하늘의 임금께서는 우리 폐하께　　　　　　　　　100

민중들이 그렇게 무도하게 무기를 휘두르지 못하게 할 것입니다.

폐하의 매우 고귀한 조카이신 해리 볼링브루크께서

폐하의 손에 공손히 입을 맞추옵니다.

그리고 그분께서는 폐하의 조상들의 유해 위에 서 있는

영예로운 무덤에 걸고,　　　　　　　　　　　　　　　　105

가장 은혜로운 수원으로부터 솟아올라

당신 두 분께로 흘러내린 왕손의 혈통에 걸고,

그리고 용감한 곤트의 땅에 묻힌 손에 걸고,

그분 자신의 가치와 명예에 걸고 맹세합니다.

이외에도 맹세할 수 있는 모든 것을 포함해서 말입니다.　　　110

그분께서 여기에 온 데는

상속권을 주장하고, 즉각적인 복권을

엎드려 간청하는 것 이상의 목적은 없습니다.　　　　　　　115

폐하께서 이를 허락만 하시면

그분은 번뜩이는 무기들을 녹슬게 내려두고

무장한 군마들을 마구간으로 보내며, 그분의 충심을

폐하를 보필하는데 바칠 것이옵니다.

그분은 공정한 왕족으로서 이렇게 맹세하오며

소신은 귀족으로서 그분의 말을 보증하나이다.

리처드　노섬벌랜드, 왕의 대답은 이렇다고 전하시오.　　　　120

고귀한 조카가 이곳에 온 것을 환영하고,

그의 공정한 요구들은 모두

이의 없이 수용할 것이오.

최선을 다해 정중히

125 다정한 인사를 그에게 전해주시오.

[오멀에게] 사촌, 짐이 스스로 품격을 떨어뜨리고 있는 것은 아닐까?

이렇게 비굴하게 듣기 좋은 말만 하고 있으니 말이오.

노섬벌랜드를 다시 불러

그 역적에게 도전장을 보내서, 죽어버릴까?

130 **오멀** 아닙니다. 폐하. 시간이 지나 우군이 생기고

우리의 힘이 강해질 때까지 점잖게 말로 싸우기로 합시다.

리처드 아, 하느님! 저 오만한 자에게

무서운 추방선고를 내렸던

내 혀가 아첨의 말로

135 그 선고를 다시 거두어야 한다니! 아, 내가 나의 슬픔에

걸맞은 위인이거나, 아니면 내 이름만도 못한 소인이기를!

아니면 내가 누구였는지 잊을 수 있기를!

아니면 내가 지금 누구여야 하는지 기억하지 못하기를!

벅차오르지? 너, 오만한 가슴아. 내 너에게 고동치도록

허락하노라.

140 적들도 너와 나를 칠 허락을 얻었으니 말이다.

오멀 노섬벌랜드가 볼링브루크로부터 다시 돌아옵니다.

리처드 이제 왕은 무엇을 해야 하지? 항복을 해야 하나?

왕은 그리하리라. 폐위되어야 하나?

왕은 만족하리다. 왕의 이름을
잃어야 하나? 하느님의 이름으로, 그리 되라지.   145
나의 보석을 묵주 한 벌과 바꿀 것이오.
나의 화려한 궁궐을 오두막 한 채와,
나의 번득이는 의상을 거지의 겉옷과,
나의 장식된 술잔을 나무 접시 한 개와,
나의 왕홀을 순례자의 지팡이와,   150
나의 신하를 한 쌍의 성인 조각과,
그리고 나의 큰 왕국을 조그만 무덤,
정말 작은 한 비천한 무덤과 바꿀 것이오.
아니면 왕이 행차하는 큰 길에 묻힐 것이오.
신하들의 발이 매시간 자기 주군의 머리를 짓밟는   155
누구나 오가는 길에 말이오.
지금 내가 살아있는 동안에도 그들이 내 가슴을 짓밟으니,
내가 땅에 묻히면, 내 머린들 못 밟겠소?
오멀, 그대는 울고 있구려, 마음씨 고운 내 사촌.
우리 멸시 받는 눈물로 궂은 날씨를 한번 만들어 보세.   160
우리들의 한숨과 눈물로 여름 곡식들을 쓰러뜨리고
반란을 일으키는 이 땅에 기근이 들게 해보세.
그렇지 않으면 우리들의 비통을 장난삼아
흐르는 눈물로 어떤 시합이나 해볼까?
이를테면, 한 곳에 계속 눈물을 떨어뜨려   165
마침내 눈물이 땅에다 우리를 위해

한 쌍의 무덤을 파 줄 때까지 말일세. 그래서 거기에 묻히면,

"눈물로 무덤을 판 두 귀족이 거기 누워있도다"라는

말이 어울리지 않겠나? 음, 음, 나도

170   내가 허튼 소리를 하고 있다는 걸 아네. 자네도 나를 비웃는군.

막강한 나의 노섬벌랜드 경,

볼링브루크 왕은 뭐라고 하시는가? 그 폐하께서는

리처드가 죽을 때까지 살게 허락하실 텐가?

경이 무릎을 굽히는 걸 보니, 볼링브루크는 "그렇소"라고 말하는군.

175 **노섬벌랜드** 폐하, 아래 뜰에서 그분이 폐하를 알현하기 위해

기다리고 있사온데, 아래로 내려와 주시겠습니까?

리처드 아래로, 아래로 나는 내려간다.

날뛰는 말들을 제어할 기술이 없는 번득이는 파에톤²¹처럼.

아래 뜰에서라고! 반역자들의 부름에 응해

180   그들을 축복하러 가다니. 왕들의 지위가 낮아지는 아래 뜰이로다.

아래 뜰에서, 아래로 내려간다. 뜰도 아래로, 왕도 아래로.

종달새가 날아오르며 노래하는 곳에서 밤 올빼미가 끽끽대고

있는 격이로구나.

볼링브루크 폐하께선 무어라 하시는가?

노섬벌랜드   상심과 비탄으로 미친 사람처럼 어리석은 말만 하십니다.

아, 여기 오십니다.

---

21. 파에톤(Phaethon)은 태양신 아폴로(Apollo)의 아들이다. 파에톤이 아폴로의 태양 전차
를 잘못 몰아 지상에 너무 가까이 오자 지상이 불바다가 되는 것을 막기 위해 제우스
(Zeus)가 벼락을 쳐서 그를 죽였다고 한다.

[리처드 왕과 수행원들 아래에 등장.]

볼링브루크 다들 물러서서,   185

　　폐하께 경의를 표하시오.

　　　　　　　　　　　　　　　　　　　　　　　[무릎을 꿇는다.]

　　폐하.

리처드 공손한 사촌, 천한 땅에 무릎을 대어 오만하게 만들다니

　　그대는 군왕다운 그대의 무릎을 욕되게 한 것이오.

　　즐겁지 않은 눈으로 그대의 공손함을 보기보단,   190

　　내 가슴이 그대의 정을 느껴보았으면 좋겠소.

　　일어서시오, 사촌, 일어서시오. 비록 그대의 무릎이 낮을지라도

　　그대의 가슴은 적어도 이만큼 높이 서 있음을 난 알고 있소.

볼링브루크 자비로우신 폐하, 소신은 오직 제 것을 되찾으러 왔을

　　　　　뿐이옵니다.

리처드 그대가 소유한 것은 그대의 것이오. 그리고 나와 모든 것도

　　　　다 그대의 것이오.   195

볼링브루크 황송하오나 폐하, 소신의 충성이

　　폐하의 총애를 받아 마땅한 만큼만 소신의 소유가 되옵니다.

리처드 그럼, 받아 마땅하고말고. 얻을 수 있는 방법을

　　확고하게 알고 있는 이들은 받을 자격이 있지.

　　숙부님, 손을 내게 주세요. 아니, 울지는 마시고요.   200

　　눈물은 애정을 보여주지만 치유를 해주지는 못하지요.

　　사촌, 자네는 충분히 나이가 들어 나의 상속자가 될 순 있어도

　　나는 너무 젊어 자네의 아버지가 될 순 없네.

자네가 갖기 원하는 것을 내 줄 것이네. 그것도 기꺼이 말일세.
짐이 할 수밖에 없는 일이라면 짐도 해야만 하는 것이니까.
런던으로 가는 건가, 사촌? 그렇지?

볼링브루크 그렇습니다, 폐하.

리처드 그러면, 나는 아니라고 말할 수 없지.

[나팔소리, 퇴장.]

4장

요크 공작의 정원.

왕비가 그녀의 수행원인 두 시녀들과 함께 등장.

왕비　무거운 근심 걱정을 떨쳐버리기 위해

　　　우리 여기 이 정원에서 무슨 놀이나 해볼까?

시녀　나무 공굴리기가 어떨까요, 왕비마마.

왕비　그건 내게 세상은 장애물로 가득하고,

　　　내 운명도 공의 각도와는 반대로 간다고 생각하게 할 거야.　　5

시녀　그럼 춤추는 것은 어떨까요, 왕비마마.

왕비　내 불쌍한 가슴이 슬퍼서 박자를 맞출 수 없는데

　　　내 다리가 즐겁게 박자를 맞출 수야 없지.

　　　그러니 춤은 안 돼, 이 사람아. 다른 놀이가 없을까.

시녀　이야기하는 것은 어떨까요, 왕비마마.　　10

왕비　슬픈 이야기 또는 기쁜 이야기?

시녀　　어느 쪽이든 말이에요. 왕비마마.

왕비　어느 쪽도 안 돼, 이 사람아.

　　　기쁜 것이면, 전혀 기쁜 일이 없으니까,

　　　슬픔이 더 많이 생각날 거고,

　　　슬픈 것이면 온통 슬픈 일뿐이니,　　15

기쁨이 없는 내게 슬픔만 더 보태게 되는 거지.

그러니 내가 가진 것은 되풀이할 필요가 없는 거고,

내가 못 가진 것은 불평해 봐야 소용이 없는 거야.

시녀 제가 노래를 해 볼까요, 왕비마마.

왕비 자네가 그럴 까닭이 있다면야 그러면 좋겠네만,

20 자네가 울어준다면 그게 내게는 더 위안이 되겠네.

시녀 그게 더 좋으시다면 울어드릴 수도 있어요, 왕비마마.

왕비 울어주는 게 내게 도움이 되면 나도 노래할 수 있고

그러면 자네의 눈물은 빌릴 것도 없지.

정원사들 등장.
[한 사람은 주인이고 나머지 둘은 그의 하인이다.]

자 잠깐. 이리로 정원사들이 오네.

25 나무 그늘 사이로 들어가세.

내 비참한 처지를 공굴리기 놀이 핀에 걸고 단언하지만

틀림없이 저들은 시국에 대해 이야기 할 거야.

변화가 임박한 때에는

누구나 다 그러하니까. 불행에는 늘 불행의 전조가 있는 법이지.

정원사 [한 하인에게] 자, 새로 달린 살구 열매를 붙들어 매놓아라.

30 날뛰는 자식들이 방탕의 무게로

아비의 등골을 휘게 하듯 그게 가지를 축 늘어지게 하거든.

구부러진 가지를 좀 받쳐 주어라.

[다른 하인에게] 너는 가서, 사형집행인처럼,

너무 빨리 자라는 가지의 목을 잘라 버려라.

그건 우리 국가에서는 너무 고고해 보이지. 35

우리 정부에서는 모두가 다 공평해야 해.

너희들이 그 일을 하는 동안, 나는

건강한 화초들에게 갈 양분을 무익하게 빨아먹는

성가신 잡초들이나 뽑으러 가야겠다.

하인 왜 우리가 울타리 둘레 안에서 40

법과 형식과 적절한 비율을 지키며

축소형으로 견실한 우리나라를 보여주어야 하지요?

바다로 둘러싸인 정원인 전 국토가

잡초로 가득하고, 아름다운 화초도 말라죽고,

과실나무는 전지도 안 돼 있고, 울타리는 무너지고, 45

꽃밭들도 엉망이고, 몸에 좋은 약초들은

애벌레로 들끓는데 말입니다.

정원사 입을 다물어라.

봄을 이렇게 엉망으로 만들어 놓은 그자가

이제는 낙엽 지는 가을을 몸소 맞게 되었구나.

넓게 퍼지는 그자의 이파리들을 가린 잡초들은, 50

그자를 받쳐주는 것 같았지만 실은 좀먹고 있었는데,

볼링브루크가 뿌리째 뽑아버리고 말았지.

윌트셔 백작, 부시, 그린을 두고 하는 말이다.

하인 아니, 그분들이 죽었단 말입니까?

정원사 그렇다. 그리고 볼링브루크는

55   이 방탕한 왕을 체포했지.

아, 왕이 자기 나라를 우리가 정원을 돌보듯

가꾸고 단장하지 않았다니 얼마나 애석한 일인가!

우리는 알맞은 철에 과일 나무의 껍데기에 상처를 내지.

수액이 너무 왕성해진 나머지

60   영양과다로 스스로를 해치는 일이 없도록 말이야.

왕도 지체 높게 득세하는 분들에게 그러셨더라면

그분들도 살아남아 결실을 맺었을 터이고,

왕도 그 충성의 열매를 맛보았을 것을. 우리들은 쓸데없는

가지들을 잘라내지. 그래야 열매가 달린 가지들이 사니까.

65   왕도 그러셨다면 왕위를 보존하셨을 텐데.

방탕하게 시간을 허비하시다 그것을 내던지시고 만 거지.

하인   그럼, 왕께서 폐위되시는 겁니까?

정원사 치욕은 이미 당하셨고,

폐위를 당하실 지도 모르지.

70   간밤에 요크 공작님과 절친한 친구분께 편지가 왔는데,

암울한 소식을 담고 있다네.

왕비   아, 말을 안 하고 있으니 형틀에 눌려 죽을 지경이구나.²²

[앞으로 나온다.]

너, 옛 아담처럼 이 정원을 맡아 가꾸는 사람아,

어찌 감히 거칠고 무례한 혀로 이렇게 불쾌한 소식을 말하는가?

75   어떤 이브가, 어떤 뱀이 저주받은 인간을

---

22. 자백을 받기 위해 신체에 압박을 가하는 고문에 대한 비유이다.

두 번 타락시키려고 너를 유혹했는가?

왜 너는 리처드 왕께서 폐위된다고 말하지?

흙보다 나을 것이 없는 네가 감히

왕의 몰락을 예언해? 자, 언제, 어디서, 어떻게

이 나쁜 소식을 주워들었나? 말을 해라, 이 못된 놈아.　　　　80

정원사 용서해 주십시오, 왕비마마. 제게는 이 소식을 말할

기력이 거의 없습니다만, 제가 말씀드리는 것은 진실이옵니다.

리처드 왕은 볼링브루크에게 수감되어 있는 상태입니다.

두 분의 운명이 저울 위에 놓여 있지요.

폐하의 저울 접시에는 폐하 자신과　　　　85

폐하를 경솔하게 만드는 무익한 간신들이 몇몇 있습니다.

하지만 위대한 볼링브루크의 저울에는

그분 자신 외에 모든 영국의 귀족들이 있습니다.

그러니 그만큼이나 큰 무게 차이로 그분은 리처드 왕을

　　　압도합니다.

런던으로 서둘러 가시면, 그걸 알게 되실 겁니다.　　　　90

제가 말씀드리는 것은 누구나 다 아는 사실이니까요.

왕비 발 빠르고 민첩한 불운아,

네가 소식을 알려야 할 데는 내가 아니더냐,

그런데 내가 그 소식을 마지막으로 알아야 되겠느냐?

아, 너는 네가 마지막으로 내게 소식을 전하면 내가 너의 슬픔을　　95

내 가슴 속에 가장 오래 간직할 거라고 생각하는 거지!

자, 시녀들아, 런던에 가서 비탄에 빠진 런던의 왕을 만나자구나.

근데, 슬픈 표정으로 위대한 볼링브루크의 승리를

축복해주기 위해 내가 태어났나?

100   정원사여, 하느님께 비노니, 내게 비통한 소식을 전한 까닭으로

네가 전지한 나무들은 결코 자라지 않을지어다.

정원사 불쌍한 왕비님, 당신의 신세가 나아진다면야,

제 전지 기술이 당신의 저주를 받아도 좋습니다.

여기서 왕비님께서 눈물을 흘리셨으니,

105   이곳에 비탄초 언덕을 하나 만들어야겠다.

씁쓸한 은총의 약초, 연민을 상징하는 비탄초가

슬피 우는 왕비님을 기리며 여기서 곧 피어나리라.

[퇴장.]

4막

1장

웨스트민스터 홀.

볼링브루크가 오멀, 노섬벌랜드, 퍼시, 피츠워터,
서리, 카알라일 주교, 웨스트민스터 사원장,
귀족 한 명, 전령, 그리고 관리들과 함께 의회에 등장.

볼링브루크 배고트를 불러오시오.

배코트 [관리들과 함께] 등장.

자, 배고트 네 생각을 자유롭게 말해라.
고귀한 글로스터 경의 죽음에 대해 아는 바를 말해라.
누가 그 일을 왕과 공모했고, 누가 끔찍한 일을 저질러
5   그분을 때 이른 죽음에 이르게 했는지.
배고트 그러면 오멀 경을 대면시켜 주십시오.
볼링브루크 사촌, 앞으로 나와서 저자를 보시오.
배고트 오멀 경, 대장부의 담대한 혀로 당신이 한때 진술한 말을
비겁하게 부인하지는 않을 것으로 아오.
10   글로스터 경의 암살이 계획되던 그 심각한 시기에
당신은 이렇게 말했지.
"내 팔의 길이가 평화로운 영국의 궁정에서부터
칼리스²³까지 닿는데 나의 숙부의 머리에도 닿지 않겠소?"라고.

그때 한 많은 말 가운데

당신은 볼링브루크가 영국에 돌아오는 것을 보느니   15

10만 냥의 금화를 받는 것을

거절하는 게 낫다고 했소.

게다가 덧붙여, 당신 사촌이 죽는다면

이 땅에 얼마나 큰 축복이 될 것인가라고 했소.

오멀   왕족과 귀족 여러분,

이 비열한 자에게 뭐라고 대답해야겠습니까?   20

똑같은 방식으로 이 자를 응징하여

내 훌륭한 혈통을 불명예스럽게 만들어야겠습니까?

그게 아니면 이자의 입술에서 토해낸 중상모략으로

제 명예를 더럽혀야겠습니까?

내 장갑을 받아라, 이는 너를 지옥으로 보낼   25

죽음의 손도장이다. 네가 거짓말을 하고 있으니,

나는 네 심장의 피로 네 말이 거짓임을 주장하련다.

기사로서 내 검을 더럽히는 것이

너무나 비천한 일이지만 말이다.

볼링브루크   배고트, 참아라, 장갑을 집지 말라.   30

오멀   한 분만 빼고는, 여기 이 자리에서,

이자가 나를 이렇게 격분하게 한 가장 신분이 높은

인물이었으면 좋겠소.

피츠워터   신분이 동등해야 네가 싸울 용기를 낼 수 있다면,

---

23. 칼리스(Callice)는 프랑스에서는 칼레(Calais)라고 표기되는 지명이다.

내 도전의 징표를 받아라, 오멀, 내가 대적해 주마.

35 네가 서 있는 데를 보여주는 저 아름다운 태양에 걸고 맹세하지만,

나는 네가 글로스터 경을 죽인 장본인이었다고

자랑하듯 말하는 것을 들었다.

만일 네가 그것을 스무 번이나 부인한다 해도, 그건 거짓말이다.

그러니 나는 네 거짓말을 내 칼끝에 얹어

40 그것을 지어낸 네 심장으로 되돌려 넣을 것이다.

오멀 비겁한 놈, 네놈이 감히 살아서는 그날을 볼 수 없을 것이다.

피츠워터 자, 맹세코, 그때가 바로 지금이기를!

오멀 피츠워터, 넌 이 때문에 지옥에 떨어질 거다.

퍼시 오멀, 너는 거짓말을 하고 있어. 명예로운 이분의

45 항의는 진실되지만 너는 아주 불법을 행하고 있어.

그러므로 살아 숨 쉬는 최후의 순간까지

이를 네게 입증하기 위해 나도 내 장갑을 던진다.

용기가 있다면 이것을 집어 들라.

오멀 그것을 집지 않는다면, 내 손이 썩어버릴 것이고,

50 내 적의 번득이는 투구 위로

다시는 복수의 창검을 휘두르지 못할 것이다.

다른 한 귀족 거짓 맹세하는 오멀. 나도 땅에 장갑을 던진다.

그리고 일출에서 일몰까지 거짓말들을 네 배신의 귀가

쟁쟁할 만큼이나 많이 한껏 네게 퍼부어 주겠다.

55 거기 내 명예를 건 징표가 있다.

용기가 있다면 도전에 응해 심판을 받아라.

오멀 누가 또 도전할 것인가? 모두 상대해 주마.

　　　나는 하나의 가슴에 1천의 영혼을 가지고 있어

　　　너희 같은 놈들은 2만 명이라도 상대할 수 있다.

서리 피츠워터 경, 나는 당신이 오멀과 이야기를 나누던　　　60

　　　그 때를 잘 기억하고 있소.

피츠워터 정말 그렇소. 당신이 그때 그 자리에 있었으니,

　　　당신은 나와 함께 이것이 진실임을 증언할 수 있소.

서리 진실한 하늘에 맹세코, 그건 거짓이오.

피츠워터 서리, 거짓말 마라.

서리 비열한 녀석,　　　65

　　　거짓말하는 네놈은 내 검 위에 무겁게 실려,

　　　응징과 복수를 받을 것이다.

　　　거짓말 하는 너와, 그 거짓말이 네 아비의 해골처럼

　　　조용히 땅 속에 묻힐 때까지 말이다.

　　　그걸 증명하고자, 여기 내 명예를 건 징표를 던진다.　　　70

　　　용기가 있거든 도전에 응해 심판을 받아라.

피츠워터 어리석게도 달리는 말에 박차를 가하는 구나!

　　　만일 내가 먹고, 마시고, 숨쉬고, 살아있기만 하다면

　　　나는 황야에서 담대하게 서리를 만나

　　　그자가 거짓말을 하고, 거짓말을 하고,　　　75

　　　또 거짓말을 한다고 말하면서 그자에게 침을 뱉을 것이다.

　　　여기 너를 엄중히 문책할 내 믿음의 증서가 있다.

　　　나는 새로운 세상에서 성공하고자 작정한 터인즉

오멀에게 나의 진실한 항소에 대한 죄를 물어야 한다.

80   게다가, 오멀, 네가 고귀한 칼리스의 공작을 살해하기 위해

네 수하 두 명을 보냈다고

추방당한 노포크가 말하는 것을 들었다.

오멀 정직한 기독교인 한 분이 계시면 제게 장갑을 하나

빌려주십시오.[24]

저 노포크가 거짓말을 하니, 만일 그자의 추방이 취소된다면

85   저는 그자의 명예를 시험해 보고자 이 장갑을 던집니다.

볼링브루크 이러한 분쟁들은 노포크의 유배가 취소될 때까지

계류된 것으로 할 것이오. 노포크는 돌아올 것이오.

그리고, 비록 나의 적이지만, 자기의 토지와 재산을

되찾게 될 것이오. 그가 돌아오면,

90   오멀을 상대로 심판에 임하도록 하겠소.

카알라일 그런 명예로운 날은 결코 없을 것입니다.

추방된 노포크는 여러 해 동안

검은 이교도들, 터키인들, 그리고 사라센인들에 대항해

십자가 깃발을 휘날리며 영예로운 기독교 전장에서

95   예수 그리스도를 위해 싸웠습니다.

그리고는 전역에 지쳐 이태리로 물러나,

거기 베니스에서 그의 육신을 그 유쾌한 나라의 땅에 주었고,

그의 순수한 영혼을,

그의 수령이신 그리스도께 드렸습니다.

---

24. 오멀은 자신의 장갑 두 개를 모두 써버렸으므로 다른 사람의 장갑을 빌린다.

그분의 깃발 아래 그토록 오래 싸운 후에 말입니다.   100

볼링브루크 아니, 주교님, 노포크가 죽었습니까?

카알라일 제가 살아있는 게 확실하듯이, 그렇습니다. 각하.

볼링브루크 아름다운 평화가 아름다운 영혼을 아브라함의 품속으로
　　　　인도하기를!

　　　　결투를 신청한 여러분, 당신들의 분쟁은

　　　　짐이 심판의 날을 당신들에게 배정하기까지   105

　　　　계류 중에 있는 것으로 하겠소.

요크 등장.

요크 위대한 랭커스터 공작, 깃털이 뽑힌 리처드로부터

　　　　당신께로 오는 길입니다.

　　　　리처드는 기꺼이 당신을 상속자로 삼고,

　　　　그의 왕홀을 당신의 손에 양도하기로 하였습니다.   110

　　　　리처드가 물러나니 그의 왕좌에 오르십시오.

　　　　그리고 헨리 4세 왕이시여, 만세를 누리소서!

볼링브루크 하느님의 이름으로, 왕좌에 오를 것이오.

카알라일 절대로 아니 되옵니다.

　　　　여기 왕족들이 계시니 제가 가장 미천한 신분이지만,   115

　　　　진실을 말하기에는 제가 가장 적합한 줄로 아옵니다.

　　　　고귀한 분들이 모인 이 자리에서 어느 한 분이라도

　　　　고귀한 리처드를 올바로 심판할 만큼

　　　　고귀하시기를 바라나이다. 그렇다면 진정으로 고귀하신 그분은

120　그토록 추악한 잘못을 범하지는 못하실 것입니다.

어떤 신하가 자기 왕께 판결을 내릴 수 있단 말입니까?

그리고 여기 앉아있는 자들 중 리처드의 신하가 아닌 자가

　　누구란 말입니까?

도둑들도 비록 그 죄상이 분명하다 해도

자신들이 출석하지 않고는 재판을 받지 않습니다.

125　그런데 하느님의 권세의 표상이시고,

그분의 주임이요, 집사요, 대리자이시며,

도유를 받으시고, 왕관을 쓰시고, 여러 해 동안 왕좌에 앉으신 분을,

그분 자신의 출석도 없이 열등한 신하가 내뱉는 말로

어떻게 심판할 수 있다는 것입니까? 오, 하느님, 아니 되옵니다.

130　기독교 나라에서 순화된 영혼들이

그렇게 가증스럽고, 사악하고, 무례한 행동을 보여주다니!

저는 신하들에게 말하고 있고 신하의 한 사람으로서

하느님의 부름을 받아 이렇게 왕을 위해 담대하게 말합니다.

당신들이 왕이라고 부르는 여기 허포드 경은

135　오만한 자로 그자의 왕에게는 악랄한 반역자입니다.

그리고 만일 당신들이 그자에게 왕관을 씌운다면,

영국인의 피가 이 땅에 거름이 되고

미래는 이 악랄한 행동으로 인해 신음하게 될 것이오.

평화는 떠나가 터키인들, 이교도들과 같이 잠을 잘 것이고,

140　이 평화의 자리에서는 소란스런 전쟁이 터져

친족은 친족끼리, 그리고 동족은 동족끼리 다투게 될 것이오.

무질서, 공포, 두려움, 그리고 난동이

여기에 자리 잡고, 이 땅은

골고다 언덕, 죽은 자의 해골더미라고 불릴 것이오.

아, 만일 당신들이 이 집안을 거슬러 이 집안을 세우면,[25]   145

이 저주받은 땅에 떨어진

가장 참담한 불화가 될 것이오!

막으시오, 반대하시오, 그렇게 되지 않게 하시오.

자식들이 대대손손 당신들을 원망하는 일이 없도록.

노섬벌랜드 잘 주장하였소, 주교   150

수고한 대가로 당신을 대역죄로 체포하오.

웨스트민스터 경, 재판일까지

이 자를 안전하게 구금하도록 하시오.

경들, 하원의 청원을 승인할까요?

볼링브루크 리처드를 이리로 데려오시오.   155

사람들이 다 보는 앞에서 양도할 수 있도록 말이오.

그래야 의심을 받지 않고 일을 해 나갈 수 있소.

요크   내가 모시고 오겠소.

퇴장.

볼링브루크 경들, 여기 체포된 당신들은

법정에서 답변할 날에 대비해서 증인들을 확보해두시오.

---

25. 영국을 단일하지만 나누어진 집안으로 상상해서 한 말이다. 마가복음에 "만일 집
    이 스스로 분쟁하면 그 집이 설 수 없고"라는 구절이 나온다(마가 3: 25).

160 　나는 그대들의 호의를 바라지도 않으며,

　그대들의 도움을 기대한 적도 없었소.

리처드와 요크 등장.

리처드 아, 어찌하여 나를 왕에게로 데려온 것이냐?

　내가 재위할 때 가졌던 왕의 상념들을 떨쳐버리기도 전에.

　나는 아직도 에둘러 말하고, 아첨하고, 절하고,

165 　무릎을 굽히는 것을 채 익히지 못했는데.

　슬픔에게 잠시 말미를 주어 내게 이런 굴종을

　가르쳐다오. 근데 이 사람들의 얼굴이

　잘 기억나네. 다 내 신하들이 아니었는가?

　이들이 때로 나에게 "만세"라고 외치지 않았던가?

170 　유다도 예수님께 그랬지. 하지만 예수님의 열두 제자는

　　한 사람을 빼고는 다 진실했지.

　그런데 나의 1만 2천의 신하 중에는 진실한 자가 하나도 없어.

　하느님 왕을 보우하소서! 아무도 "아멘"이라고 말하지 않을 텐가?

　내가 사제와 복사 두 역을 다 해야 하나? 자, 그러면 아멘.

　비록 내가 왕이 아니라 할지라도, 하느님 왕을 보우하소서.

175 　만일 하늘이 내가 왕이라고 생각한다면, 그래도 아멘.

　무슨 일을 하려고 나를 이리로 불렀소?

요크 왕직에 지쳐서 당신께서 선의에서

　제안하신 일을 이행하기 위함입니다.

　헨리 볼링브루크에게 당신의 왕권과 왕관을 양도하시는 거지요.

리처드 내게 왕관을 주시오.　　　　　　　　　　　　　　　　　　180

　　　자, 사촌, 왕관을 받게. 자, 사촌,

　　　여기 내 손이 있고, 저기 자네 손이 있네.

　　　이제 이 황금 왕관은 서로를 채워주는

　　　두 물통을 가진 깊은 우물과 같아서,

　　　빈 통은 공중에서 춤추고 있고,　　　　　　　　　　　　　185

　　　눈에 안보이게 내려가는 다른 통은 물로 가득 차 있지.

　　　눈물로 가득 차 내려가는 저 통은 나인데

　　　슬픔을 들이키고 있는 중이고, 자네는 높이 올라가는 중이지.

볼링브루크 기꺼이 양위하시는 줄로 알고 있었는데요.

리처드 왕관은 양도하겠지만, 여전히 슬픔은 나의 것이네.　　　190

　　　자네는 나의 영예와 왕권을 폐할 수 있지만,

　　　나의 슬픔을 폐할 수는 없지. 나는 여전히 이 슬픔의 왕이니까.

볼링브루크 왕관과 함께 근심의 일부를 제게 주시는 것입니다.

리처드 자네가 근심을 가져간 데도 내 근심을 덜지는 못해.

　　　내 근심은 옛 근심이 끝낸 근심의 상실이고,　　　　　195

　　　자네의 근심은 새 근심이 얻은 근심의 획득이지.

　　　내가 준 근심은, 주어버렸지만, 내가 가지고 있네.

　　　근심은 왕관에 있어야 하는데, 여전히 내게 머물러 있단 말이네.

볼링브루크 흔쾌히 왕관을 양도하는 것인가요?

리처드 그래, 아니, 아니, 그래. 나는 아무것도 아닌 존재니까.　　200

　　　그러므로 아니, 아니지, 내가 그대에게 양위를 하니 말이네.

　　　자, 내가 어떻게 내 왕위를 무너뜨리는 지를 보게.

나는 이 무거운 것을 머리에서 벗어버리고,

이 불편한 왕홀을 손에서 떼어내며,

205   오만한 왕의 위세를 가슴에서 몰아내네.

나 자신의 눈물로 내 몸에 있는 성유를 씻어내고,

나 자신의 손으로 내 왕관을 내어주고,

나 자신의 혀로 내 신성한 왕권을 부인하고,

나 자신의 언사로 모든 의무의 서약들을 해지하네.

210   모든 왕의 영화와 위엄을 포기할 것을 맹세하네.

나의 장원과 지세와 세입을 포기하네.

나의 조례와 법령과 법규를 취소하네.

하느님 나에게 맹세하고 어긴 모든 서약들을 용서하소서.

하느님 자네에게 한 모든 맹세는 깨지지 않게 지켜주소서.

215   아무것도 없는 나에게는 슬픔을 면해 주시고,

모든 것을 얻은 자네에게는 모든 것으로 기쁘게 해주시옵소서.

리처드의 자리에 앉아 만수무강하게나.

리처드는 곧 흙구덩이에 누울 것이니.

하느님 헨리 왕을 보우하소서, 왕위를 잃은 리처드는 말하네,

220   그리고 그에게 여러 해 양지바른 날들을 내려 주소서.

또 남은 일은 무엇인가?

노섬벌랜드   더 이상 없습니다. 하지만 이 죄상들과,

당신 자신과 당신의 수하들에 의해,

국가와 국익에 반하여 저질러진,

통탄할 범죄들을 낭독해야 합니다.

이렇게 고백을 해야 사람들은   225

당신이 폐위되는 것이 정당하다고 여길 것이니 말입니다.

리처드 꼭 그래야만 하오? 내가 짠 우행의 천을

내가 도로 풀어야만 하겠소? 점잖은 노섬벌랜드,

만일 당신의 범죄가 적혀있다면, 이렇게 훌륭한 모임에서,

그것을 낭독하는 것이 창피하지 않겠소?   230

만약 자네가 그걸 읽으려 한다면,

거기서 가증스러운 항목을 하나 발견하게 될 것이오.

왕의 폐위를 담고 있는,

군신 간의 맹약을 깨뜨리는,

오점으로 표시된, 천상의 책에서 저주받은 항목을 말이오.   235

아니, 내가 비참하게 괴로움에 시달리고 있는 동안,

우두커니 서서 방관하는 너희들 모두는,

비록 너희 중 몇몇이, 겉으로는 연민을 보이며,

빌라도[26]와 같이, 손을 씻는다고 하지만,

그래도 너희 빌라도들은 여기서 나를 혹독한 십자가로   240

인도하였으니, 너희들의 죄는 물로 씻어낼 수가 없다.

노섬벌랜드 나리, 어서 이 항목들을 읽으십시오.

리처드 내 눈이 눈물로 가득 차 읽을 수가 없소.

하지만 소금물이 아주 많이 눈을 가리진 않아,

여기 한 무리의 반역자들을 볼 수 있소.   245

---

26. 마태복음 27: 24에서 빌라도는 물을 가져다가 사람들 앞에서 손을 씻으며 예수님
의 피에 대해 자신은 무죄하다고 말한다.

아니야, 내 눈을 나 자신에게로 돌려 보면

나 자신도 다른 사람들과 함께 반역자인 걸 알게 되지.

왜냐면 화려한 왕의 몸에서 장식을 없애기로

내 영혼의 승락을 나도 여기서 한 거니까.

250   영광을 천박하게 하고, 왕권을 노예로,

당당한 군주를 신하로, 위엄을 소작인으로 만든 거지.

노섬벌랜드 나리ㅡ

리처드 자네의 나리가 아니지, 오만불손한 자네 말일세.

어느 누구의 주군도 아니지. 나는 이름도 칭호도 없어.

255   아니, 그 이름은 세례반에서 받은 건 아니지.²⁷

하지만 그것도 빼앗겨 버렸어. 아, 슬픈 날이로다!

수많은 세월을 보내고 나서도,

나 자신을 무슨 이름으로 불러야 할지를 모르다니.

아, 나는 차라리 눈사람 왕이나 되어,

260   볼링브루크라는 태양 앞에 서서,

나 자신을 물방울로 녹여버리고 싶구나!

선량한 왕, 위대한 왕ㅡ하지만 위대하게 선량하지는 않지ㅡ

만일 내 말이 아직 영국에서 통용된다면,

곧바로 거울을 하나 이리로 보내주도록 하시오.

265   왕의 위엄이 파산하였으니

그게 어떤 얼굴인지 내가 볼 수 있게 말이오.

볼링브루크 누가 가서 거울 하나를 가져와라.

---

27. 리처드는 사생아라는 소문이 있었다고 한다.

[시종 퇴장.]

노섬벌랜드 거울이 오는 동안에 이 문서를 읽어 주십시오.

리처드 악마야, 내가 지옥에 가기도 전에 나를 고문하는구나.

볼링브루크 더 이상 강요하지 마시오, 노섬벌랜드 경. 270

노섬벌랜드 그러면 하원이 만족하지 않을 겁니다.

리처드 그들을 만족케 해주겠소.

　　내 죄가 다 기록된 그 책을 정말 내가 보게 되면,

　　읽어주고 말고. 그게 바로 나 자신이니까.

　　　　　　한 사람이 거울을 가지고 들어온다.

　　거울을 다오. 그 속을 보고 읽으련다. 275

　　아직 더 깊은 주름은 없는가? 슬픔이 내 얼굴에

　　그렇게 많은 타격을 가했는데

　　더 깊은 상처를 남기지 않았다고? 아, 아첨하는 거울아!

　　한창 좋은 시절에 나를 따르던 무리들처럼

　　너는 나를 속이는구나. 이것이 왕궁 지붕 아래서 280

　　날마다 1만 명을 거느렸던 그 얼굴이냐?

　　이것이 태양과도 같이 바라보는 이들을

　　눈 감게 만들었던 그 얼굴이냐?

　　이것이 많은 어리석은 일들을 용인했고,

　　마침내 볼링브루크에게 창피를 당한 그 얼굴이냐? 285

　　깨지기 쉬운 영광이 이 얼굴에서 빛나고 있고,

이 얼굴도 이 영광처럼 깨지기 쉽구나.

[거울을 아래로 내던진다.]

저기 있네, 1백 개의 파편들로 깨져서.

잘 새겨두게, 말없는 왕이여, 이 놀이의 의미를.

290 얼마나 빨리 내 슬픔이 내 얼굴을 망가뜨렸는지.

볼링브루크 당신의 슬픔의 그림자[28]가

당신의 얼굴의 그림자[29]를 부순 것이오.

리처드 다시 말해 보게.

"나의 슬픔의 그림자라고?" 음, 어디보자.

옳은 말이야. 나의 슬픔은 모두 내 안에 있고,

295 이러한 탄식의 겉모양들은

고통 받는 영혼 속에서 말없이 차오르는

보이지 않는 비탄의 그림자일 따름이네.[30]

거기에 본질이 있지. 그리고 왕인 자네에게 감사하네.

내게 슬퍼할 이유를 줄 뿐 아니라, 그 이유를 슬퍼할 방법도

300 가르쳐 주는 자네의 큰 은혜에 말이네.

한 가지만 부탁하고 가겠네.

그리고 더 이상 괴롭히지 않겠네.

들어 주겠나?

---

28. 내면의 감정을 밖으로 드러내 보여주는 연극이라는 의미에서 그림자란 말을 쓰고
있다.

29. 거울에 비친 얼굴의 반영이라는 의미에서 그림자란 말을 쓰고 있다.

30. 볼링브루크는 리처드가 연기를 하고 있다고 보고 있으나, 리처드는 자신의 슬픈 모
습은 자기 내면의 감정의 불완전한 반영일 뿐이라고 주장한다.

볼링브루크   말씀해 보시오, 공손한 사촌.

리처드 공손한 사촌이라고? 내가 왕보다 더 위대하구나.

내가 왕이었을 때 내게 아부하는 자들은   305

다 내 신하였지. 이제 신하가 되고 보니,

여기 내게 아부하는 왕이 생겼구나.

그렇게 위대해졌으니, 부탁할 필요가 없지.

볼링브루크 그래도 말해보시오.

리처드 들어주겠나?   310

볼링브루크 들어 드리지요.

리처드 그러면 가게 허락해 주게.

볼링브루크 어디로 말입니까?

리처드 어디로든 좋네. 자네 눈에 띄지 않게 말일세.

볼링브루크 누가 이분을 런던탑으로 모셔라.   315

리처드 아, 옳거니!, "모시라구"! 너희 모두는 물건을 슬쩍 모셔가는

도둑놈들이지.

진짜 왕의 몰락을 틈타 이렇게 재빨리 출세하는 놈들이고.

[리처드, 귀족 몇 명, 그리고 호위병들 퇴장.]

볼링브루크 다음 수요일에 짐의 대관식을

거행하도록 하겠소. 경들, 준비하도록 하시오.

퇴장. 웨스트민스터 [사원장], 카알라일 [주교], 오멀은 남는다.

320 **사원장** 비통한 장면을 보았소이다.

카알라일 재난이 올 것이오. 아직 태어나지도 않은 자식들이

　　　　　장차 이날을 가시처럼 통렬하게 느끼게 될 것이오.

오멀 성직자님들, 이 왕국에서

　　　이 사악한 오점을 없앨 계책이 없을까요?

325 **사원장** 오멀 경,

　　　　　내가 여기서 내 마음을 기탄없이 말하기 전에,

　　　　　경은 내 계획을 숨겨줄 뿐 아니라,

　　　　　내가 무슨 일을 도모한다 해도 실행하겠다고

　　　　　성찬식을 앞에 두고 맹세해야 하오.

330　　　당신의 얼굴은 불만이 가득하고,

　　　　　당신의 가슴은 슬픔으로, 당신의 두 눈은 눈물로 가득해 보이오.

　　　　　나와 함께 집에 가 저녁이나 합시다. 우리 모두에게 기쁜 날을 가져올

　　　　　계책을 말씀드리겠소이다.　　　　　　　　　　　　　　　[퇴장.]

5막

1장

런던. 거리.

왕비가 시녀들과 함께 등장.

왕비 왕께서는 이 길로 오실거야. 이 길은 줄리어스 시저가
세운 불운한 런던탑[31]으로 가는 길이지.
유죄 판결을 받은 내 남편은 오만한 볼링브루크의 포로로
이 탑의 단단하고 깊숙한 곳에 갇힐 거야.
여기서 좀 쉬자. 이 반란의 땅에
진정한 군주의 왕비가 쉴 곳이 어디 있다면 말이다.

리처드 [그리고 호위병] 등장.

그런데 가만 있자, 하지만 보아라, 아니 차라리 보지 말거라
나의 아름다운 장미가 시드는 것을. 하지만 고개를 들고, 보아라,
연민의 정으로 네 몸이 녹아 이슬이 되어,
진정한 사랑의 눈물로 그분을 깨끗이 씻어 드릴 수도 있으니까.
아, 당신은 옛 트로이가 서 있던 성터이시지요![32]

---

31. 런던탑은 전설에 따르면 줄리어스 시저가 세웠다고 한다. 요새이자 궁전인 이 건물
은 감옥으로도 사용되면서 수많은 정치범들이 투옥되거나 처형되는 등 암울한 영
국의 역사가 점철된 곳이다.

명예의 지도요, 리처드 왕의 무덤이지만,

리처드 왕은 아닌 당신은, 훌륭한 여관일진데,

어찌하여 험하게 생긴 슬픔이 당신에게 머무는 거지요,

선술집에는 승리의 기쁨이 손님으로 들었다는데?   15

리처드 슬퍼하지 마오, 고운 여인이여, 내 죽음을 재촉하지

않으려거든 그러지 마오. 착한 당신,

우리의 지난날들은 행복한 꿈이었다고 생각해 주오.

그 꿈에서 깨어나 보니, 우리들의 실상이

이렇다는 것을 알게 되오. 여보, 나는 무서운 운명과   20

의형제를 맺은 사이니, 운명과 나는

죽을 때까지 동행할 것이오. 당신은 어서 프랑스로 가서,

어느 수녀원에 들어가시오.

우리들의 성스러운 삶이 새 세상의 왕관을 받게 해줄 것이오.

이승에서 우리들이 속된 시간을 보내며 내던졌던 그 왕관을 말이오.   25

왕비 아니! 나의 리처드님의 외모와 마음이

변하고 허약해진 건가요? 볼링브루크가 당신의 지력도

폐위한 건가요? 그자가 당신의 마음도 차지하고 있나요?

사자는 죽을 때 앞발을 내밀어, 제압되는 것에

분기하여, 다른 건 몰라도, 땅이라도 상하게 하지요.   30

그런데 당신은 학생처럼 온순하게

---

32. 전설에 따르면 영국의 국가적 기원은 트로이(Troy)로 거슬러 올라간다. 런던의 옛
   이름은 트리노반툼(Trinovantum)으로 새 트로이(New Troy)라는 의미를 가지고
   있다.

처벌을 받아들이고, 회초리에 입맞춤을 하고,

비열하게도 난폭한 자에게 겸손히 아첨을 할 건가요?

사자이자 야수들의 왕이신 당신께서?

35 **리처드** 정말 야수들의 왕이지. 야수들만 아니었다면,

나는 아직도 행복한 인간들의 왕이었을 것이오.

한때 왕비였던 착한 당신, 프랑스로 갈 준비를 하시오.

나는 죽었다고 생각하시오. 그리고 여기서

내 임종의 자리에서 하듯 살아생전 마지막 작별인사를 하오.

40 지루한 겨울밤에는 선량한 늙은이들과

난로 가에 앉아, 그들에게 오래 전에 일어난

애통한 시절의 이야기를 하게 하시오.

그리고 잘 자라고 인사를 하기 전,

그들의 슬픈 이야기에 답하여 나의 슬픈 사연을 들려주어

45 듣는 이들이 울며 잠자리에 들게 하시오.

이러한 이유로, 무감각하게 타던 나무도

당신의 혀가 들려주는 무거운 어조에 감응하여

동정심에 눈물을 흘려 불을 끌 것이오.

그리고 어떤 것은 재가 되고, 어떤 것은 검댕이 되어

50 적법한 왕이 폐위되는 것을 슬퍼할 것이오.

노섬벌랜드 등장.

노섬벌랜드 나리, 볼링브루크님의 마음이 변하였습니다.

런던탑이 아니라 폼프레트 성으로 가셔야겠소.

그리고, 부인, 당신께도 최대한 빨리

프랑스로 떠나라는 분부가 내려졌습니다.

리처드 노섬벌랜드, 상승하는 볼링브루크가 내 왕좌로   55

오르기 위해 밟고 올라오는 사닥다리인 자네,

고약한 죄악이 곪아 터지기까지

시간이 이제 그리 많이 남지 않았을 것이네.

자네는 비록 그자가 왕국을 나누어

절반을 준다 해도 전부를 갖게 도와주었는데,   60

너무 적다고 생각할 거야.

그자도, 적법치 않은 왕을 세우는 방법을

알고 있는 자네니까, 사소한 계기만 생긴다 해도,

찬탈한 왕좌에서 자기를 곧장 끌어내릴

방법 또한 자네가 알게 될 거라고 생각할 거야.   65

사악한 자들의 우정은 두려움으로 변하고,

두려움은 증오로, 그리고 증오는 둘 중 하나 또는 둘 다를

응분의 위험과 죽음으로 내몬다네.

노섬벌랜드 내가 진 죄의 징벌은 내 머리 위에 떨어질 따름이오.

당장 헤어져야 하니, 작별 인사를 하고 헤어지시오.   70

리처드 이중으로 이혼을 당하는구나! 나쁜 놈들, 너희는

두 겹의 혼인을 깨뜨리는 거다. 내 왕관과 나,

그리고 나와 내 아내 사이에서 말이다.

당신과 나 사이의 결혼 서약을 입맞춤으로 해지하도록 해주시오.

아니 그게 아니지. 입맞춤으로 맺은 서약이니까.   75

우리를 갈라놓으시오, 노섬벌랜드. 나는 북쪽으로 –

그곳은 엄동의 추위와 질병으로 척박한 나라.

내 아내는 프랑스로 – 거기서 화려하게

감미로운 오월처럼 장식을 하고 이리로 왔다가

80   만성절[33]이나 동짓날처럼 썰렁하게 돌아가는구나.

왕비 우리가 떨어져야만 하나요? 헤어져야만 해요?

리처드 그렇소, 여보, 손과 손이, 그리고 가슴과 가슴이.

왕비 우리를 둘 다 추방해주세요. 폐하와 나를 함께 보내주세요.

리처드 자애로운 일이겠지만 좋은 방책은 아니지.

85 **왕비** 그러면 폐하께서 어디로 가시든 나도 그리로 보내주세요.

리처드 둘이 함께 우니 슬픔도 하나가 되는구려.

당신은 프랑스에서 나를 위해 울고, 나는 당신을 위해 여기서 울지.

가까이 있으면서도 곁에 없으면 차라리 멀리 있는 게 낫소.

그대 가는 길을 한숨으로 헤아리시오, 나는 신음으로 그리하리.

90 **왕비** 그러면 가장 먼 길을 가는 제가 가장 긴 탄식을 하겠군요.

리처드 내가 가는 길이 짧으니 한 걸음 갈 때마다 두 번씩 신음을 하여

무거운 마음으로 가는 길을 길게 늘이겠소.

자, 자, 슬픔에게 하는 구애는 짧게 합시다.

슬픔과 결혼을 하면 길고 긴 비탄이 있을 것이니 말이오.

95 한 번의 입맞춤으로 우리의 입을 닫고, 묵묵히 헤어지는 거요.

이렇게 내 마음을 주고, 이렇게 당신의 마음을 받으오.

왕비 내 마음을 돌려주세요. 당신의 마음을 가지고 있다가

---

33. 원어로는 Hallowmas로 11월 1일이다.

죽이는 것은 내키지 않는 일이거든요.

자 지금 나는 내 것을 되찾았으니, 어서 가세요,

내가 신음으로 그것을 죽이려 하겠지만 말이에요.   100

리처드 어리석게 시간을 지연하며 우리는 슬픔을 헤프게 만들고 있소.

한 번 더 안녕이오. 나머지 말은 슬픔더러 하라고 하지요.

[퇴장.]

2장

요크 공작의 저택.

요크 공작과 공작부인 등장.

공작부인 대감, 나머지 이야기를 해주시겠다고 하셨지요.

우리 두 조카들의 런던 입성에 대해 말씀하시다가

목이 메어 그만 이야기를 중단하셨을 때 말이에요.

요크 어디까지 얘기했더라?

공작부인 그 슬픈 대목까지요, 대감.

5 무례하고 야만스런 손들이 창문 꼭대기에서

재와 쓰레기를 리처드 왕의 머리 위에 던졌다는 데까지요.

요크 그러자 내가 말한 대로, 위대한 볼링브루크 공작은

야망을 품고 있는 그의 주인을 알아채고 있는 듯한

혈기왕성한 준마에 올라타고

10 느리지만 위엄 있는 보조로 나아갔소.

그동안 사람들은 모두 "볼링브루크 만세!"라고 외쳤소.

모든 창문들이 입을 벌리고 말하는 것 같았소.

노소를 막론하고 수많은 탐욕스런 얼굴들이

창문틀을 통해 선망의 눈초리를

15 그의 얼굴에 던졌소. 그리고 모양들이 그려진

모든 벽들이 동시에 말했소.

"예수님께서 당신을 지켜주시기를! 환영하오, 볼링브루크"라고.

그동안에 그는, 모자를 벗은 채로, 한 쪽에서 다른 쪽으로

   고개를 돌려,

타고 있는 오만한 말의 목 아래로 낮추며,

"고맙소, 동포 여러분"이라고 그들에게 말하였소.   20

그런데 계속 그렇게 하면서 지나갑디다.

공작부인   아, 불쌍한 리처드! 그동안 그분은 어디에 있었지요?

요크   마치 사람들이 극장에서 유명배우가 무대를 떠난 후

다음에 등장하는 배우가 지껄이는 게

지루할 것으로 생각해, 심드렁한 눈으로 보듯이,   25

과연 그렇게, 아니면 이보다 더한 경멸로 사람들은

점잖은 리처드를 노려보았소. 그리고 어느 누구도

"하느님 저분을 지켜주소서!"라고 말하지 않았소.

아무도 그분의 귀환을 환영하는 말을 하지 않더니,

쓰레기가 그분의 성스런 머리 위에 던져졌소.   30

그분은 고상한 슬픔을 지닌 채 그것을 털어냈는데,

그분의 얼굴은 자신의 비탄과 인내의

표지인 눈물과 미소로 뒤엉켜 있었소.

그러니 하느님께서 어떤 특별한 목적으로 사람의 심장을

강철같이 만들지 않으셨다면 그것은 어쩔 수 없이 녹아버리고

   말았을 것이고,   35

야만인들마저도 그분을 동정했을 것이오.

하지만 이 일들에는 어떤 하늘의 섭리가 있는 것이니

그 높은 뜻에 우리는 조용히 따르며 만족할 따름이오.

이제 우리는 볼링브루크께 신하가 되기로 맹세했으니

40 그분의 지위와 영예를 나는 언제나 인정하는 바이오.

[오멀 등장.]

공작부인 여기 내 아들 오멀이 와요.

요크 과거엔 오멀이었지만,

리처드의 친구가 된 때문에 공작 지위는 이제 상실되었소.

그래서 부인, 이제는 그 애를 러틀랜드라고 불러야 하오.

나는 새로 등극한 왕에 대한 그 애의 진심과

45 변함없는 충성을 의회에서 보증해야 한다오.

공작부인 어서 와라, 아들아. 새 봄의 푸른 들판에

흐드러지게 핀 오랑캐꽃들이 누구누구지?

오멀 어머님, 저는 몰라요, 아니 전혀 관심이 없어요.

제가 그 중의 하나가 아니었으면 하는 건 분명해요.

50 **요크** 그런데, 이 봄철에 처신을 잘해라.

한창 때에 이르기도 전에 잘려버리지 않으려만 말이다.

옥스포드에서 무슨 소식이 있니? 마상경기가 열릴 예정이니?

오멀 제가 알기로는 그렇습니다, 아버님.

요크 아마, 너도 거기에 있겠구나.

55 **오멀** 부득이한 일이 없는 한 그러려고 합니다.

요크 네 가슴 위에 걸려있는 그건 무슨 인장이냐?

그래, 안색이 창백해 보이는데? 쓴 것을 좀 보자구나.

오멀　아무것도 아닙니다, 아버님.

요크　　그러면 누가 본들 상관없지 않으냐.

내가 확인해 봐야겠다. 쓴 것을 좀 보자구나.

오멀　제발, 아버님, 용서해 주세요.　　　　　　　　　60

몇 가지 이유로 제가 보지 않았더라면 좋았을

대수롭지 않은 문제입니다

요크　몇 가지 이유로, 나도 그것을 보아야겠다.

두렵구나, 두려워 —

공작부인　　무얼 두려워하세요?

마상경기 때 입을 화려한 의상 때문에　　　　　65

약정한 어떤 증서일 뿐인데요.

요크　약정을 하다니? 약정한 증서로

대체 무슨 일을 하고 있는 거냐? 여보, 당신은 바보로군.

얘야, 쓴 것을 보자구나.

오멀　간청하건데, 용서하세요. 보여드릴 수가 없습니다.　　70

요크　난 봐야만 하겠다. 좀 보자니까!

　　　요크는 오멀의 가슴에서 그것을 낚아채어 읽는다.

반역이다, 흉악한 반역이다, 악당, 반역자, 비열한 놈!

공작부인　대체 무슨 일이오, 대감?

요크　어이, 누구 게 없느냐? 말에 안장을 얹어라.

하느님 자비를! 반역이다!　　　　　　　　　　75

공작부인　아니, 대체 무슨 일입니까, 대감?

요크 장화를 가져와라, 어서! 말에 안장을 얹어라!

자, 나의 명예와 나의 생명과, 나의 진심에 걸고

나는 이 악당을 고발할 것이다.

공작부인 대체 무슨 일이오?

80 **요크** 입 다물어, 어리석은 사람아.

공작부인 나는 입을 다물 수 없어요. 대체 무슨 일이냐, 오멀?

오멀 어머님, 진정하세요. 제 비천한 생명으로

책임을 질 따름입니다.

공작부인 네 생명으로 책임을 지다니?

요크 장화를 가져와라. 왕께로 갈 것이다.

하인이 그의 장화를 가지고 들어온다.

85 **공작부인** 저놈을 때려주어라, 오멀. 불쌍한 애야, 얼이 빠져버렸구나.

꺼져라, 악당아, 내 눈 앞에 절대 얼씬거리지 마라.

요크 장화를 가져와라, 어서.

공작부인 아니, 요크님, 당신은 무엇을 하려 하시오?

당신 자신의 과오를 당신은 숨기지 않으실 건가요?

90 우리에게 아들이 더 있나요? 아니면 앞으로 또 생길 것 같나요?

나는 이제 더 이상 아이를 가질 수 없는 나이가 아닌가요?

그리고 내 나이에 잘 생긴 내 아들을 빼앗아 갈 건가요?

그리고 나에게서 행복한 어미의 이름을 강탈해 갈 건가요?

저 애가 당신을 닮지 않았나요? 저 애는 당신 자식이 아닌가요?

95 **요크** 어리석고 실성한 사람아,

이 흉악한 음모를 은폐할 것이오?

왕을 옥스퍼드에서 시해하고자

여기 열댓 명이 성찬식을 하고

돌아가며 서명을 했소.

공작부인   저 애가 아무 일도 못하게 하시지요.

저 애를 여기에 잡아둡시다. 그러면 저 애에게 무슨 일이 있겠어요?   100

요크   물러나오, 어리석은 사람아. 저 애가 열 배나 더 나의

아들이라도 나는 저 애를 고발할 것이오.

공작부인   내가 저 애를 낳을 때처럼

당신도 산고를 치렀다면, 당신은 더 자비로웠을 겁니다.

하지만 이제 나는 당신의 마음을 알겠어요.

당신은 내가 부정한 짓을 한 것으로, 그래서   105

저 애는 당신의 아들이 아니라, 사생아로 의심하고 있는 거지요.

사랑하는 나의 남편, 요크님, 그런 마음을 품지 마세요.

그 애는 당신과 꼭 닮았고,

나나 내 친척을 닮지 않았어도

나는 여전히 그 애를 사랑해요.

요크   물러나오, 고집불통 같으니.   110

퇴장.

공작부인   따라가라, 오멀! 아버지의 말에 올라타라.

급히 말을 몰아, 아버지보다 먼저 도착해,

아버지가 너를 고발하기 전에 왕에게 나의 간청을 드려라.

나도 머지않아 가겠다. 내가 늙었지만,

¹¹⁵ 네 아버지만큼 빨리 말을 달릴 수 있다고 의심치 않는다.

그리고 볼링브루크가 너를 용서할 때까지

결코 땅에서 일어나지 않을 것이다. 떠나라!

어서!   [퇴장.]

3장

윈저 성.

왕이 된 볼링브루크가 퍼시 등 그의 귀족들과 함께 등장.

볼링브루크 내 방탕한 아들에 대해 누가 좀 말해 보지 않겠소?

내가 그 애를 마지막으로 본지가 꼭 석 달이 되었소.

짐을 괴롭히는 역병이 있다면 그건 바로 그 애요.

부디, 경들, 그 애를 찾아보시오.

런던에 수소문을 해보시오, 거기에 있는 술집에 말이오.   5

듣자하니, 거기서 날마다 무절제하고

방탕한 무리들과 어울려 지낸답니다.

심지어는, 듣자하니, 좁은 길에 서 있다가

경비원들을 구타하고 행인들을 강탈한답니다.

그런데 그 애는 어리고, 버릇없고, 호색한 아이라,   10

그렇게 방종한 자들을 후원하는 것을

명예로운 일로 생각하고 있소.

퍼시 폐하, 이틀 전쯤 왕자님을 뵙고

옥스퍼드에서 열릴 마상경기에 대해 말씀드렸습니다.

볼링브루크 그 애가 뭐라고 말하던가?   15

퍼시 왕자님의 대답은 매음굴에 가시겠다는 것이었습니다.

그리고 가장 천한 년에게서 장갑 한 짝을 낚아채서,

그걸 사랑의 표지로 달고

가장 건장한 도전자를 낙마시키겠다고 하셨어요.

20 **볼링브루크** 절망스러울 정도로 타락해 버렸구나.

하지만 그 가운데서도, 나이가 들면 다행히 알게 되기도 하는,

희망의 불꽃은 약간 보이는구나.

근데 누가 오는 거지?

오멀 당황해서 등장.

오멀 왕은 어디에 계시오?

볼링브루크 그렇게 황망한 표정으로 쳐다보다니,

대체 무슨 일이요, 사촌?

25 **오멀** 하느님, 폐하를 보우하소서!

폐하와 단독으로 이야기를 좀 나누기를 간청하나이다.

볼링브루크 다들 물러가고, 우리 둘만 있게 해주시오.

[퍼시와 귀족들 퇴장.]

사촌에게 지금 무슨 일이 있는 거요?

오멀 제가 일어서거나 말씀드리기 전에 폐하께서 용서하지

않으신다면

30 제 무릎은 땅에 뿌리를 내려버리고

[무릎을 꿇는다.]

제 혀는 입천장에 달라붙을 것입니다.

볼링브루크 그 과오가 계획 중에 있는 것이오, 아니면 실행된 것이오?

계획 중이라면, 아무리 극악무도한 죄라도,

사촌에게 후일 호감을 얻기 위해 용서하겠소.

오멀 그러면 제 이야기가 끝날 때까지 아무도 들어오지 못하도록   35

열쇠를 잠그는 걸 허락해 주십시오.

볼링브루크 그리 하오.

[오멀이 열쇠를 잠근다.] 요크 공작이
문을 두드리며 고함을 지른다.

요크 [안에서] 폐하, 조심하시고, 옥체보존하소서.

당신이 계신 이 곳에 반역자가 있습니다.

볼링브루크 악당아, 너는 내가 처리해 주마.   40

[칼을 뽑는다.]

오멀 보복의 손을 멈추십시오. 염려하실 이유가 없습니다.

요크 문을 여십시오, 방심하고 계신 우직한 폐하!

폐하를 경애하기 때문에 폐하의 면전에서 제가 이렇게

불경스럽게 말해야겠습니까?

문을 여십시오, 아니면 제가 문을 부수겠습니다.

[볼링브루크가 문을 연다.]
[요크 등장.]

45 **볼링브루크** 무슨 일입니까, 숙부님? 말씀하시지요.

[그가 다시 문을 잠근다.]

숨을 좀 돌리시오. 위험이 얼마나 가까이 있는지 말해야,

그것에 대비해 무장을 할 수 있지요.

요크 여기 이 글을 읽어 보십시오. 그러면 제가 다급해서

보여드리지 못한 반역을 알게 될 것입니다.

50 **오멀** 기억하세요, 글을 읽으실 때 당신이 약속을 하셨다는 것을.

저는 잘못을 뉘우칩니다. 거기에 있는 저의 이름을 읽지 마십시오.

제 마음은 제 손이 한 일에 동조하지 않습니다.

요크 네 손이 받아 적기 전에 네 마음이 동조했지, 이 악당 놈아.

그건 이 역적의 품속에서 빼앗은 것입니다, 폐하.

55 경애심이 아니라 두려움이 그놈을 참회하게 하는 것입니다.

동정을 했다가 심장을 물어뜯는 뱀을 보지 않으시려면

그놈을 동정할 생각은 아예 하지 마십시오.

볼링브루크 아, 가증스럽고 무모한 음모로구나!

충직한 아버지에 반역자 아들이라니!

60 당신은 정결한 은빛 샘이오.

그런데 거기서 흐르는 물길이

진흙을 뚫고 나오다가 오염되었고,

당신의 덕행은 악으로 바뀌고 말았소.

그런데 당신의 후덕함을 보아 방탕한 아들의

65 대역무도한 죄를 용서해 주겠소.

요크 그러면 제 공덕은 저놈의 악덕과 야합한 꼴이 되고,

씀씀이가 헤픈 아들이 아비가 근검절약해 둔 금전을 낭비하듯이,

저놈은 수치스런 짓으로 제 명예를 탕진할 것입니다.

제 명예는 저놈의 불명예가 죽어야 사는 것이오,

아니면 저놈의 불명예 속에 제가 수치스럽게 살아야 하는 것이오.   70

그놈을 살려주면 저를 죽이는 것이니,

역적은 살고, 충신은 처형을 당하는 셈입니다.

공작부인 [안에서] 여보세요! 폐하, 제발, 문을 열어 주세요!

볼링브루크 누가 이렇게 날카로운 목소리로 소리를 지르는 거요?

공작부인 여자요, 그리고 당신의 숙모입니다. 폐하. 바로 접니다.   75

말씀 좀 해주시고, 불쌍히 여기시고, 문 좀 열어 주세요.

생전 구걸해 보지 못한 거지 한 사람이 구걸을 합니다.

볼링브루크 장면이 심각하더니 바뀌어

이제 "거지와 임금"[34]이 되었구나.

위험스런 내 사촌, 네 역모죄의 용서를 빌러 온 걸   80

내 다 알고 있으니 어머니를 안으로 들게 하시오.

[요크가 말하고 있는 동안 오멀이 문을 연다.]

요크 누가 빌든지, 만일 폐하께서 사면을 하시면,

이 용서로 말미암아 역모죄가 더 번성하게 될 것입니다.

[공작부인 등장.]

---

34. 왕과 거지 소녀에 대한 이야기를 소재로 한 민요가 있다고 한다. 지금 상황은 제목
만 관련될 뿐 내용과는 무관하다.

곪은 부위를 잘라내야 나머지가 온전하게 됩니다.

85 하지만 방치하면 나머지 모두를 잃게 됩니다.

공작부인 아, 폐하, 이 무정한 사람의 말을 믿지 마십시오.

자기를 사랑하지 않는 자는 어느 누구도 사랑할 수 없습니다.

요크 이 미친 사람아, 여기서 뭘 하는 거요?

늙은 당신의 젖을 먹여 한 번 더 반역자를 키우려 하오?

90 **공작부인** 여보, 요크님, 참으세요. 제 말을 좀 들으세요, 폐하.

[무릎을 꿇는다.]

볼링브루크 일어나시오, 숙모님.

공작부인 간청하오니, 아직은 아닙니다.

폐하께서 죄를 지은 제 아들, 러틀랜드를 용서하시어

제게 기쁨을 주시기까지는

언제나 저는 무릎으로 걸어 다닐 것이며,

95 행복한 이들이 보는 밝은 낮도 저는 결코 보지 않을 것입니다.

오멀 어머님의 간청에 더해 저도 무릎을 꿇습니다.

[무릎을 꿇는다.]

요크 저들에 반대해 저도 충심으로 제 무릎을 꿇습니다.

[무릎을 꿇는다.]

만일 은혜를 베푸시면, 폐하에게는 재앙이 될 것이옵니다.

공작부인 저이가 진심으로 탄원하는 것 같습니까? 저이의 얼굴을 보세요.

눈에서 눈물도 떨어지지 않고, 장난으로 간청을 하는 겁니다.　　100

저이의 말은 입에서 나오지만, 우리들의 말은 가슴에서 나옵니다.

저이는 맥없이 간청하고, 거절되기를 바라고 있지만,

우리들은 마음과 영혼, 또 그 밖의 모든 것을 다해 간청하고

　있습니다.

저이는 기꺼이 지친 무릎을 펴고 일어설 것입니다만,

우리들은 땅에서 뿌리가 자랄 때까지 무릎을 꿇고 앉아

　있을 것입니다.　　105

저이의 간청은 거짓 위선으로 가득 차 있지만,

우리들의 간청은 고결하고 진실한 열망으로 충만해 있습니다.

우리들의 간청은 저이의 간청에 비할 바가 아니오니,

진실한 우리의 간청에 마땅한 자비를 내려주시옵소서.

볼링브루크 숙모님, 일어나시오.

공작부인　　아니, "일어나라"고 말씀하시지 마세요.　　110

먼저 "용서한다"고 말하시고, 그 후에 "일어나라"고 하세요.

만일 제가 폐하께 말을 가르치는 유모라면,

"용서하다"가 폐하의 말씀의 첫 단어가 되었을 거예요.

저는 여태껏 이렇게 그 한 마디를 듣길 원한 적이 없었습니다.

"용서한다"고 말하세요, 폐하. 불쌍히 여기시면 방법이 나옵니다.　　115

그 말은 짧지만, 짧은지도 모를 만큼 감미로운 말입니다.

"용서한다"는 말처럼 왕의 입에 어울리는 말은 없습니다.

요크 프랑스어로 말하세요, 폐하. "나를 용서하오"라고.[35]

공작부인 당신은 용서로 하여금 용서를 없애라고 가르치시는 거요?

120   아, 고약한 남편, 무정한 대감!

          당신은 말과 말이 맞서게 하시는구려.

          우리나라에서 쓰는 식으로 "용서한다"고 말하세요.

          뜻이 변하는 프랑스어를 우리는 모릅니다.

          폐하의 눈이 말씀하기 시작하네요. 거기에 당신의 혀를 두시거나,

125   당신의 측은한 마음에 당신의 귀를 심어두시고,

          간청과 기도가 어떻게 마음을 꿰뚫는 지를 들으시어,

          연민이 당신을 움직여 "용서"를 말씀하게 하소서.

볼링브루크 숙모님, 일어나시오.

공작부인   저는 일어서고자 청원하는 것이 아닙니다.

          용서가 제가 바라는 모든 청원일 뿐입니다.

130 **볼링브루크** 하느님이 나를 용서하시듯이 그를 용서하오.

공작부인 아, 무릎을 꿇은 보람이 있구나!

          하지만 난 두려움에 질려 있어요. 다시 말씀해 보세요.

          "용서"라고 두 번 말하면 용서가 둘로 나누어지는 게 아니라,

          용서가 하나로 더 강해지는 것이랍니다.

볼링브루크   내 마음을 다해 그를 용서하오.

135 **공작부인** [일어서며] 당신은 지상의 신이십니다.

                    [요크와 오멀이 일어선다.]

------

35. 용서하다는 영어로 "pardon"이다. 그런데 요크는 왕에게 프랑스어로 "pardonnez
   moi"(나를 용서하시오, 즉 미안하오라고) 말하라고 함으로써 용서를 거절하라고 한다.

볼링브루크 짐의 믿음직한 매제와 사원장을 제외하고

모의에 참여한 나머지 일당들에게는

사형이 곧 뒤따를 것이오.

숙부님, 옥스퍼드 또는 이 반역자들이 있는 어디로나

각각 군대를 파병해 주십시오.   140

맹세코, 그들을 이 세상에 살려두지 않을 것이지만,

일단 어디에 있는지 안다면 그들을 생포할 것이오.

숙부님, 잘 가십시오, 그리고 사촌도 잘 가게.

숙모님의 간청이 주효했네. 그러니 앞으로는 충성을 다하게.

공작부인 자, 아들아, 하느님의 은혜로 새 사람이 되기를 빈다.   145

4장

윈저 성.

피어스 엑스턴 경과 하인들 등장.

엑스턴 폐하의 말씀을 들었느냐, 하셨던 말씀을 말이다?

"내게 이 살아 있는 염려를 없애줄 벗이 하나도 없는 것이냐?

이런 말씀이 아니었더냐?

하인 바로 그렇게 말씀하셨지요.

엑스턴 "벗이 하나도 없는 것이냐?"라고 하셨지. 두 번이나 말씀하셨지.

5 그리고 두 번이나 강조하셨어, 그렇지 않나?

하인 그러셨지요.

엑스턴 그렇게 말하시며, 나를 뚫어져라 쳐다보셨지.

마치 "자네가 이 근심을 내 마음에서

덜어내 줄 사람이라면 좋겠네"라고 말씀하시는 것처럼.

10 폼프레트에 있는 왕을[36] 의중에 두시고 말이야. 자, 가자.

내가 왕의[37] 벗이니, 그분의 적을 없앨 것이야.

---

36. 폐위된 리처드를 가리킨다.

37. 새로 왕이 된 볼링브루크를 가리킨다.

5장

폼프레트 성.

리처드가 혼자 들어온다.

리처드 내가 살고 있는 이 감옥을

세상과 어떻게 비교할 지 궁리해 보았지.

세상에는 사람들이 많고

여기엔 나밖에 아무도 없으니,

비교를 할 수가 없어. 하지만 어떻게든 해봐야지.　　　　　　　5

내 두뇌가 내 영혼의 여자가 된다면

내 영혼은 아비가 되는 거고, 그래서 이들은 둘이서

계속 증식하는 상념들을 한 세대나 낳는 거야.

그러면 바로 이 상념들이 이 작은 세상의 주민이 되는 거지.

만족스러워 하는 상념은 하나도 없으니,　　　　　　　　　　10

성질이 이 세상의 주민들과 같아. 좀 낫지만,

종교적인 것들에 대한 상념들은

의심과 뒤섞여 이렇게 말과 말이

서로 어긋나게 만들지. "오라, 어린애들아"라고

하고는 다시,　　　　　　　　　　　　　　　　　　　15

"하늘나라에 들어가기는 낙타가 바늘귀를 통과하기보다 어렵다"

　　라고 하지.[38]

야심으로 기우는 상념은

있을 것 같지 않은 놀라운 일을 꾸미지. 어떻게

이 연약한 손톱이 이 견고한 세상의 차돌 같은 옆구리인

20   이 우둘투둘한 감옥 벽을 뜯어 통로를 낸단 말인가.

그래서 그건 불가능하니 생각만 무성하다 사라져버리지.

만족으로 기우는 상념은

자기가 첫 번째 운명의 노예가 아니고

마지막도 아니라고 스스로에게 아첨하지.

25   마치 어리석은 거지들이 칼을 쓰고 앉아

많은 사람들이 그랬고, 다른 이들도 거기에 앉을 거라며

자신의 치욕을 덜어내려고 하는 것처럼 말이야.

그래서 이런 생각을 하며 그들은 자신의 불행을

이전에 이런 것을 겪은 어떤 이의 등에다 지워주고

30   일종의 위안을 얻지.

이렇게 나는 혼자서 여러 사람의 역할을 하지만

어느 것도 만족스럽지 않아. 때론 내가 왕인데,

반역이 겁나 거지가 되었으면 하고 바라기도 해.

그래서 나는 거지가 되지. 그러면 극심한 궁핍 때문에

35   왕일 때가 나았다는 생각이 들지.

그러면 나는 다시 왕이 되고, 얼마 안 가,

---

38. 서로 모순되어 보이는 두 인용은 예수의 생애에 대해 기록하고 있는 다음 세 복음
서에 공통적으로 언급된다. 마태 19: 14와 16, 마가 10: 14와 25, 누가 18: 16과
25 참고.

나는 볼링브루크에게 왕위를 빼앗기고
곧장 아무것도 아닌 것이 되지. 하지만 내가 누구건,
내가 아니라, 인간에 다름 아닌 어느 누구라 한들
어떤 것에도 만족하지 못할 거야, 아무것도 아닌 것이 되는 데에   40
편안해지기까지는 말이야.

[음악이 연주된다.]

음악이 들리는군.
그래, 그래, 박자를 맞추어라! 박자가 틀리고, 리듬이
맞지 않으면 감미로운 음악도 얼마나 역겨워지는지.
인생의 음악도 마찬가지야.
무질서한 현악기 연주에서 틀린 박자를 잡아낼 만큼   45
나는 섬세한 귀를 가지고 있지.
하지만 국정의 시기를 맞추는 데 대해서는
진짜 틀린 박자를 들을 수 있는 귀를 갖지 못했지.
나는 시간을 낭비했고 이제 시간이 나를 낭비하는 거지.
이제 시간이 나를 시수를 헤아리는 시계로 만드니,   50
내 생각들은 1분마다, 내쉬는 한숨들로 재깍재깍
바깥 보초인 내 눈에다 시각을 알린다.
내 손가락은, 시계판의 시곗바늘같이, 눈물을 닦아내며
언제나 눈을 향하지.
자, 몇 시인지를 알리는 저 소리는   55
시계종인, 내 심장을 때리는 요란한 신음소리지.

그렇게 한숨과, 눈물과, 신음이,

몇 분인지, 언제인지, 몇 시인지를 알리지. 하지만 나의 시간은

볼링부르크의 오만한 희열 속으로 급히 달려가고 있는데,

나는 여기에 바보같이 서있지, 그의 시계에 시간을 알리는

인형으로.
60

이 음악이 나를 미치게 하는군. 더 이상 울리지 못하게 해.

음악이 미친 사람들에게 제정신이 들도록 도움을 준다지만,

내게는 멀쩡한 사람을 미치게 할 것 같아.

하지만 내게 음악을 준 그 사람의 마음에 축복이 있기를.

그건 사랑의 표시니까. 그리고 온통 미워하는 이 세상에서
65

사랑은 리처드에게 희귀한 보석이지.

[마부 등장.]

마부   로열 임금님, 만세!

리처드   고맙네, 노블 친구!

최저로 값이 떨어진 짐을 그리 높게 쳐주니.[39]

자네는 누군가? 그리고 어떻게 이리로 왔는가?

여기는 아무도 절대 오지 않는 곳인데,
70

불행한 삶을 연장하게 내게 음식을 갖다 주는 저 침울한 놈밖에는?

마부   폐하, 저는 당신이 왕이셨을 때 당신의 마구간을

돌보던 마부였습니다. 요크 방면으로 여행하던 중에

---

39. 로열(royal)과 노블(noble)은 주화의 이름이기도 하다. 로열은 10실링, 그리고 노블
    은 6실링 8펜스에 해당한다.

큰 소동을 벌여 마침내 저의 한때 주인이신

임금님의 용안을 뵙도록 허락받았지요.   75

아, 어찌나 제 마음이 아팠는지요.

런던 거리에서, 볼링브루크가

밤회색 바바리 말을 탔던 대관식 날에,

당신이 자주 타시던 그 말,

제가 그렇게도 정성껏 돌보았던 그 말을 보았을 때 말입니다.   80

리처드 볼링브루크가 바바리 말을 타? 여보게, 말해보게.

어떻게 내 말이 그를 태우고 가던가?

마부 오만하기가 땅을 멸시하는 듯 하던데요.

리처드 볼링브루크를 태웠다고 그렇게 오만해!

그놈이 내 손에서 빵을 받아먹었고,   85

이 손은 그놈을 다독이며 기세등등하게 해주었는데.

오만은 넘어지고 마는 법이니,

그 말이 넘어지려 하지 않더냐, 그래서 그놈의 등을 찬탈한

오만한 자의 목을 분질러 놓으려 하지 않더냐?

용서해라, 말아! 너는 본디 사람에게 복종하고,   90

사람을 태우기 위해 태어난 것인데,

왜 내가 너를 비난하지? 나는 말도 아닌데,

그럼에도 노새처럼 짐을 지고 날뛰는 볼링브루크의

박차에 치이고, 안장에 쓸려서, 기진맥진하고 있구나.

[간수 한 사람이 리처드에게 음식을 들고 등장한다.]

95 **간수** 여봐, 비켜, 여기 더 있으면 안 돼.

리처드 자네가 나를 생각한다면, 이제 가주어야겠네.

마부 제 혀가 감히 못하는 말을 제 심장은 할 것이옵니다. [마부 퇴장.]

간수 폐하, 식사를 하시지요.

리처드 먼저 먹어보아라. 늘 하던 것처럼.

100 **간수** 폐하, 그럴 수 없습니다. 최근에 왕에게서 온
피어스 엑스턴 경이 그러지 말라고 명하셨습니다.

리처드 악마가 랭커스터 가의 헨리를 잡아가라고 해라, 그리고 네놈도!
참는 것도 한계가 있지, 이젠 지긋지긋하구나.

[간수를 때린다.]

간수 사람 살려, 사람 살려!

살인자들[엑스턴과 그의 하인들]이 달려 들어온다.

105 **리처드** 이게 무어냐! 이렇게 무례한 공격으로 나를 죽이겠다는 게냐?
악당아, 네 손에 네놈을 죽일 물건을 들고 있구나.

[무기를 빼앗아 한 사람을 죽인다.]

가서, 지옥의 한 자리를 차지해라!

[다른 한 사람을 죽인다.] 여기서 엑스턴이 그를 내리친다.

나를 이렇게 쓰러뜨리는 그 손은
절대로 꺼지지 않는 지옥 불 속에서 소진되리라.

110 엑스턴, 너의 잔인한 손이 왕의 피로 왕의 땅을 더럽혔구나.
올라가라, 올라가, 나의 영혼아. 네 자리가 저 높이 있는데

나의 거친 육신은 여기서 아래로 가라앉으며 죽는다.

[죽는다.]

엑스턴 과연 왕손의 피에 어울리는 용기로다.
 피와 용기 이 모두를 내가 엎질러버렸구나. 아, 이 짓이 잘한
  일이 되었으면!
 내가 잘했다고 내게 말한 악마는   115
 이 짓이 지옥의 연대기에 기록될 거라고 말한다.
 죽은 왕을 살아있는 왕에게로 메고 가야지.
 나머지 시신들은 치우고, 여기에 매장하여라.

6장

윈저 성.

[나팔소리.] 볼링브루크가 요크 공작과 다른 귀족들
그리고 수행원들과 함께 등장.

볼링브루크 요크 숙부님, 최근에 들은 소식에 의하면
반역자들이 글로스터셔에 있는 시스터 읍을
불태웠다고 하는데, 그자들이 체포되었는지
아니면 주살되었는지는 아직 듣지 못했습니다.

노섬벌랜드 등장.

5 어서 오시오. 무슨 소식이오?
노섬벌랜드 우선, 성스러우신 폐하께 온갖 행복을 기원합니다.
그 다음 소식은 소신이 솔즈베리, 스펜서, 블런트,
그리고 켄트의 수급을 런던으로 보냈다는 것이며,
그들을 체포한 경위는
10 여기 이 문서에 자세히 기술되어 있습니다.
볼링브루크 노고에 감사하오, 퍼시 경.
그대의 공로에 대해서는 응분의 보상을 하겠소.

피츠워터 경 등장.

피츠워터 폐하, 소신은 옥스퍼드에서 런던으로

브로카스와 베네트 실리 경의 수급을 보냈사온데,

이들은 옥스퍼드에서 폐하를 시해하려고   15

위험천만한 역적모의를 한 반역도들 중의 두 사람입니다.

볼링브루크 피츠워터 경, 그대의 노고를 잊지 않겠소.

그대의 공을 내 잘 알고 있소.

헨리 퍼시 그리고 카알라일 주교 등장

퍼시 음모의 수괴, 웨스트민스터 사원장이

양심의 가책과 심한 우울증으로 인해   20

무덤에 그의 육신을 내 놓았다고 합니다.

하지만 여기 카알라일이 살아남아 자기의 오만에 대한

폐하의 판결와 언도를 기다리고 있습니다.

볼링브루크 카알라일, 이것이 그대에 대한 판결이다.

지금 이 곳이 아닌 어떤 은밀한 장소, 어떤 성스러운 방을   25

구해 거기서 삶의 즐거움을 찾으라.

평화롭게 살면, 분쟁에 말리지 않고 죽을 것이오.

비록 그대는 언제나 나의 적이었지만,

고결한 명예의 불꽃을 나는 그대에게서 보았소.

엑스턴이 관을 메고 있는 수행원들과 함께 등장.

30 **엑스턴** 대왕 폐하, 이 관 속에

      폐하의 두려움을 묻어 바치나이다.

      여기 폐하의 적들 중에서도 가장 막강한 자,

      보르도의 리처드[40]가 숨겨 누워 소신에 의해 이리로 왔나이다.

   볼링브루크 엑스턴, 나는 고맙지가 않구나.

35   너는 네 치명적인 손으로 내 머리와 이 영예로운 땅에

      상해가 될 짓을 저질렀기 때문이다.

   엑스턴 폐하, 당신의 말씀에 따라 한 일이옵니다.

   볼링브루크 독이 필요한 사람도 독을 사랑하지는 않으니,

      나도 너를 사랑하지 않는다. 비록 내가 그분이 죽기를 바랐지만

40   나는 살인자를 미워하며, 살해된 분을 사랑한다.

      수고한 대가로 양심의 가책을 받게 되겠지만,

      나로부터 칭찬의 말과 군왕의 호의는 얻지 못할 것이다.

      카인[41]과 함께 밤의 어둠 속을 방랑하고,

      일광이 있는 낮에는 결코 네 머리를 드러내지 말라.

                        엑스턴 퇴장.

45   경들, 내 영혼은 슬픔으로 가득한데, 성장을 위해

      피의 세례를 내가 받은 것이라고 주장하는 바이오.

      자, 내 슬픔에 동참해 나와 함께 애도해 주시고,

---

40. 보르도(Bordeaux)는 리처드가 태어난 곳이다.

41. 카인(Cain)은 최초의 원형적 살인자로서 정처없는 방랑자로 살도록 추방된다. 창세
    기 4: 12 참고.

즉시 검은 상복을 착용하도록 하시오.
내 죄지은 손으로부터 이 피를 씻기 위해
나는 성지순례를 떠나겠소.   50
슬피 뒤따라 행진하시오.
이 때 이른 관가를 뒤따라 슬피 울며
나의 애도에 위엄을 더해주시오.

퇴장.

작품설명

1. 극작 연대, 원전, 텍스트

『리처드 2세』는 1595년 말에 처음 공연된 것으로 추정된다. 이에 대한 명확한 증거는 없지만 1595년 12월 7일 에드워드 호비 경(Sir Edward Hoby)이 로버트 세실 경(Sir Robert Cecil)에게 쓴 서신에서 세실 경을 자신의 자택 저녁 식사에 초대하며 셰익스피어 극단에 의한 새로운 극 『리처드 2세』의 공연이 있을 것임을 알리고 있기 때문이다 (Gurr 1). 뿐만 아니라 작품 전반에 흐르는 서정성은 1590년대 중반에 쓰인 『한여름 밤의 꿈』, 『로미오와 줄리엣』과 동시대 작품임을 추정케 하는데, 이전과는 달리 각운을 많이 쓰고 있다는 점, 그리고 처음으로 극적인 목적을 위해 이미지의 형태를 사용하기 시작했다는 점에서도 이 세 작품은 거의 같은 시기에 창작된 것으로 간주된다(Muir lxiv).

『리처드 2세』의 주요 원전으로는 무엇보다도 우선 라파엘 홀린셰드의 (Raphael Holinshed) 『사기』(*Chronicles*, 제 2판, 1574)를 들 수 있다. 하지만 세부사항들은 영국 또는 프랑스의 다른 역사서나 창작물을 참고한 것으로 보인다. 예를 들면 홀린셰드에는 없는 곤트의 존(John of Gaunt)의 애국적인 대사는 장 프루아사르(Jean Froissart)의 『사기』(*Chroniques*)에서 찾아볼 수 있다. 리처드의 비행에 대한 묘사는 작가 미상의 극인 『우드스톡』(*Woodstock*, 1592 또는 1593)을 참고했다는 설이 있으며, 다소 다르긴 하지만 『행정장관을 위한 거울』(*The Mirror for the Magistrates*)과 크리스토퍼 말로(Christopher Marlowe)의 극 『에드워드 2세』(*Edward II*, 1592)도 그의 비행과 관련한 묘사의 원전 중 하나로 간주되고 있다. 그리고 리처드에 대한 연민은 랭커스터 가문에 적대적인 입장에서 쓰여진 장 크레통(Jean Creton)의 『영국 왕 리처드 2세의 배신과 죽음의 역사』(*La Chronique de le Trahison et Mort de Richart Deux roy Dengleterre*)에서 참고한 것으로 추정된다. 4막 1장에 나오는 카알라일의 대사와 5막 1장에 나오는 왕비와 리처드의 슬픈 이별의 장면은 사무엘 다니엘(Samuel Daniel)의 장시 『랭커스터 가와 요크 가의 내란』(*The Civil War between Lancaster and York*, 1595)에서 상당히 일치하는 부분을 찾아볼 수 있다(전준택 234-35).

특히 『리처드 2세』가 다니엘의 『랭커스터 가와 요크 가의 내란』에 의존하고 있다는 주장은 1595년에 이 극이 창작되었다는 설의 또 다른 근거가 된다. 다니엘의 『랭커스터 가와 요크 가의 내란』의 첫 4권은 1594년 10월 11일에 출판 등록을 마쳤고, 이듬해인 1595년 출판과 더불어 판매를 개시한 것으로 추정된다. 셰익스피어는 『리처드 2세』를 쓰는 도중에 아마도 이 작품을 접하고 극작을 위한 참고도서 목록에 이를 포함시켰을 것으로 보인다(Gurr 1).

1598년 두 번째 4절판

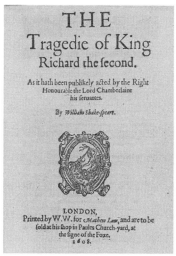

1608년 네 번째 4절판

이 극이 최초로 출판된 연도는 무대에서의 첫 성공이 지나간 1597년이다. 이때 출판된 첫 번째 4절판(Quarto)에 이어 1598년에 두 번째, 세 번째 4절판이 나왔다. 2년간 3번이나 출판되었다는 사실은 이 극의 출판물이 상당히 인기가 있었다는 것을 보여준다. 두 번째 4절판에서는 표지에 셰익스피어의 이름이 나오는데 출판된 극작품에서 그가 저자라는 것을 인정한 첫 번째 사례이다(Gurr 3).

이 극의 네 번째 4절판은 1608년에, 다섯 번째 4절판은 1615년에 나왔고, 그 후 1623년에 첫 번째 2절판(Folio)에서 다시 이 극이 출판되었다. 이와 같은 『리처드 2세』의 다양한 판본은 4절판들 간에 어느 정도 상이점이 있으며, 4절판과 2절판 간에는 더 큰 차이를 보여준다. 첫 번째 4절판에는 폐위장면이 없다. 1608년에 출판된 4절판은 폐위

1623년 첫 번째 2절판

장면을 포함하고 있으나 1623년 첫 번째 2절판에 실린 내용보다는 짧다. 전통적으로 4절판에 폐위장면이 없는 것은 검열 때문인 것으로 보는데, 이 장면은 극단이 자체 검열하였든가 아니면 연회담당관 에드먼드 틸니 (Edmund Tilney)의 손에 의해 삭제되었을 것이다. 그러므로 통상 2절판 을 셰익스피어의 원래 의도가 더 잘 반영된 판본으로 보지만 이러한 가 설의 외적 증거는 없다. 그리고 폐위장면이 포함된 1608년 4절판의 표 지에 "최근에 공연되었다"는 기록이 있는 것으로 보아 초기에는 엄격했 던 검열이 나중에는 느슨해졌음을 알 수 있다("Richard II").

2. 해설[1]

셰익스피어의 영국사극은 장미전쟁의 기원이 된 리처드 2세의 폐위 사건에서부터 장미전쟁을 종결짓고 왕국을 통합해 튜더 왕가를 여는 헨리 7세까지의 역사를 다루고 있다. 이는 두 개의 사이클로 구성되어 있는데, 셰익스피어는 이 시대를 극화하면서, 연대기 순으로 쓰지 않고, 『헨리 6세 1부』에서 시작해 『리처드 3세』까지 첫 번째 4부작 한 사이클, 그리고 다시 앞으로가 『리처드 2세』에서부터 『헨리 5세』까지 두 번째 4부작 한 사이클을 쓰는 이야기 전개 방식을 보여주고 있다. 이는 셰익스피어가 자신이 관심을 가진 역사적 시점에서부터 취재하는 역사가적 자의식을 의도적으로 드러낸 것으로 볼 수 있어 흥미롭다. 특히 두 번째 4부작을 쓸 때 셰익스피어는 첫 번째 4부작을 쓰며 익힌 극작 경험을 바탕으로 훨씬 성숙한 정치적 안목을 보여주었고, 그 결과 후자에서 셰익스피어는 전자와는 차원이 다른 질서 속에 있는 극작품을 썼다는 평가를 받기도 한다.

최초의 셰익스피어 전집인 1623년 첫 번째 2절판을 발간하면서 편집자들은 목차에 셰익스피어 사극을 연대기 순서로 배열하였으며, 과거의 역사비평가들도 연대기 순서로 재배열하여 작품을 해석하는 경향이 있었다. 하지만 셰익스피어의 작품을 읽어 나갈 때 셰익스피어의 극작

---

1. 해설은 아래 역자의 논문들을 토대로 작성되었다. Hwang, Hyosik. "'Does Shakespeare Remain as Neuter?': The Deposition of Richard II and the Dramatist's Use of the History." *West Virginia University Philological Papers* 44 (1998): 42-49; 황효식. 「셰익스피어의 두 번째 4부작과 영국에서의 법적 통치 전통」. *Shakespeare Review* 38 (2002): 491-512.

경력 상의 발달을 고려하는 것은 작품 해석에 있어 언제나 유효한 방식이다. 그러므로 굳이 연대기적 순서로 이 작품들을 읽고 해석하려는 시도는 오히려 오도적인 결과를 가져올 수도 있다.

르네상스 시대에는 역사가와 역사극 작가의 구분이 엄밀하지 않았다. 역사 또는 역사극을 쓴다는 것은 과거 시대를 역사적으로 재구하는 고고학적 관심보다는 역사를 통해, 특히 과거의 정치사를 통해 어떤 정치적 교훈을 얻을 것인가 하는 목적의식을 지닌 행위였으며 다소 안전하게 현재의 정치 상황에 대한 시사적 논평을 가할 수 있는 유용한 자리를 확보하는 방법이기도 했다. 이점에서 사극은 기능상 오늘날 우리에게 익숙한 TV 매체의 연속 사극과 거의 동일하다고 하겠다.

그러면 셰익스피어는 그의 사극을 통해 — 보다 구체적으로 『리처드 2세』를 통해 — 어떤 정치적 논의를 하고자 한 것일까? 당시의 정치적 이슈나 관심은 무엇이었으며 셰익스피어는 이들에 대해 어떤 견해를 보여주고 있는가? 전통적으로 셰익스피어는 흔히 비정치적 작가 또는 정치를 초월한 작가라고 자주 주장되었다. 그런데 최근의 이론적 비평은 셰익스피어를 비정치적으로 보는 보수주의 비평의 숨은 정치성을 폭로하는가 하면, 셰익스피어의 입장을 해석의 편의에 따라 좌우로 전유하는 상대주의적 경향도 보이고 있다. 사실, 셰익스피어의 정치적 입장은 쉽게 파악되지 않지만, 그렇다고 해서 전혀 파악할 수 없는 수수께끼와 같은 것은 아니다. 또는 이론적 비평에서 그러하듯이 상대주의적 전유의 대상으로만 머물러 있는 것도 아니다. 보다 엄밀한 역사적 문맥에서 셰익스피어의 정치적 입장과 견해를 추측해 보는 것은 여전히 가능한 일이며 방법

론적으로도 타당한 것이다.

　먼저 『리처드 2세』에서 셰익스피어가 중점적으로 논의하고자 하는 것은 당시의 왕권에 대한 것이다. 『리처드 2세』가 처음 공연된 1595년은 이미 여왕이 상당히 노쇠하여 언제라도 서거할 수 있는 시점이었으므로 향후 왕위계승의 문제가 초미의 이슈였다. 국가적 혼란을 고려해 왕위계승에 대한 논의를 금지했을 정도로 이 문제는 매우 예민하고 중대한 것이었다. 차기 대권을 이을 왕은 어떤 자질을 가진 자라야 하는가? 왕직이라는 것은 과연 어떤 것인가에 대한 논의와 탐구가 이 시대의 정치 문제를 고민하는 대다수 지성인들의 화두였다고 할 수 있다.

　셰익스피어의 『리처드 2세』는 무능하지만 적법한 왕인 리처드 2세가 통치자로서 유능한 볼링브루크(헨리 4세)에게 왕권을 사실상 찬탈 당하는 이야기로 되어 있다. 이는 물론 역사적 사실이나, 문제는 셰익스피어가 이 과정을 어떻게 극화하고 있으며 이를 통해 드러내고 있는 그의 왕권에 대한 견해는 무엇인가 하는 것이다. 이 극에서 흥미로운 갈등 구조로 제시되어 있는 대 질문은 왕으로서 무능한 리처드를 택할 것이냐, 아니면 불법적이지만 유능한 볼링브루크를 택할 것이냐는 것이다. 셰익스피어는 양단간에 어느 한 쪽을 선택하기가 어려운 딜레마적 상황에 봉착한 것 같이 보인다. 하지만 그는 이 문제에 대해 끈기 있고 치밀하게 검토하는 모습을 극작을 통해 보여준다.

　장미전쟁의 피폐함을 종식시키고 새로운 왕가를 시작한 튜더 군주들은 국가적 안정을 가장 중요한 것으로 보고 왕권을 강화하였다. 과거에 끊임없는 찬탈과 이로 인한 국가적 혼란이 야기된 것은 왕권이 허약했기 때문으로 본 것이다. 그리하여 강력한 왕권의 필요성이 대두되는 가운데 왕의 권리는 신이 준 것이고 백성들은 왕에게 절대복종해야 한다는 튜더 정치 교의가 확립되게 된다. 하지만 위기 상황 하에서 유효했던 이 교의 는 1588년에 스페인의 무적함대를 격퇴한 후 평화기를 맞으면서 회의되 기 시작하며 심지어는 조롱되기조차 한다(Wells 7). 한편 반대로 왕권을 옹호하는 자들로부터는 절대주의에 대한 신념이 일시적으로 더욱 강화 되는 현상도 나타난다(Herman 204).

극에서 리처드가 주장하는 왕권신수설은 바로 이 튜더 정치 이데올 로기에 대한 표명으로 볼 수 있다. 하지만 현실적 토대가 없는 그의 허황 된 왕권에 대한 주장은 병사들이 해산되었다는 말을 듣자 일거에 무너져 내린다. 튜더 정치 교의에서 또 다른 중요한 축은 절대복종으로, 신민은 어떤 경우에도, 왕이 비록 폭군이라고 해도, 그에게 저항을 해서는 안 된 다는 것이다. 그런데 셰익스피어는 이 교의가 타당하지 못함을 곤트의 사례를 통해 잘 보여 주고 있다. 곤트는 이 복종의 교의를 수용한 결과 절망에 빠지고, 현실적으로 무력하게 되어 죽음을 맞을 뿐 아니라, 재산 권마저 박탈되어 그의 집안이 거의 파탄에 내몰리는 지경에 이른다.

알프레드 하트(Alfred Hart)에 의해 "왕권신수설과 관련한 구절들의 보고"라고까지 불리는 이 작품은(Prior 141) 절대주의를 튜더 정부의 편 에서 옹호하는 것이 아니라, 오히려 그 문제점을 드러내 줌으로써 폐기 하는 입장에 서있는 듯하다. 리처드는 적법한 왕권을 가진 왕이지만, 왕 으로서는 결함이 많은 왕이다. 극을 통해 우리는 리처드가 우드스톡 (Woodstock)의 살해에 연루된 의혹을 갖게 되며, 리처드는 이를 숨기고

자 하는 가운데 이의를 제기한 원고 볼링브루크와 피고 모브레이를 둘 다 추방하는 술수를 보여준다. 겉보기에 리처드는 왕으로서의 위엄을 지니고 이 송사를 합리적으로 처리해 나가고 있다. 이때가 극 중에서 왕으로서 리처드의 정점이라 할 수 있다. 하지만 그는 남색의 혐의가 있고, 총신들에게 지나치게 관대하여 재산을 나누어주며, 부당하게 곤트의 재산을 몰수해 군비에 충당함으로써 볼링부르크의 재산권을 침해하고, 왕의 토지를 임대하며, 차용증서를 남발하는 등 무절제하고 자의적이며 불법적인 행동을 한다. 이러한 정황은 리처드가 왕으로서의 자질이 매우 부족함을 드러내준다.

리처드가 범한 부당한 행동 가운데 요크로 하여금 도저히 받아들일 수 없는 것은 죽은 곤트의 재산을 몰수함으로써 볼링부르크의 상속권을 침해한 것이다. 그는 어떤 일보다도 이 일은 수용할 수 없음을 분명히 하는데, 전통적인 왕권의 이념에 충실한 그이지만 이 경우엔 도저히 생각해서는 안 되는 생각을 품게 된다고 말한다. 여기서 이 생각이란 튜더 교의와는 상충하는 저항권과 다름없는 것이다. 요크는 리처드가 아일랜드 원정을 떠나있는 동안 통치권을 위임받을 정도로 리처드의 신뢰를 받고 있는 대신이고, 그 자신 역시도 왕권에 대한 경외심을 가지고 있다. 하지만 극에서 그의 입장은 변화하고 있으며 우리는 그가 변화해 가는 과정을 주목해 볼 필요가 있다.

이 변화는 왕의 대리자로서 반군에 자신감 없이 맞서는 그의 모습, 그리고 반군의 실세에 굴복하여 자신은 중립이라고 선언하는 장면, 또 볼링브루크가 새로운 왕으로 등극하자 이에 적극적으로 순응하는 태도를 보이는 것 등에서 확인되는데, 문제는 이와 같은 그의 변화를 단순히 기회주의적 처신으로만 보기는 어렵다는 것이다. 이보다는 요크가 변화하는 왕직에 대한 정치적 패러다임을 이해하고 이에 적응해나가는 과정으로 보는 것이 더 타당할 것이다. 그는 왕권을 빼앗긴 리처드의 처지에 대해 충분히 동정심을 드러내 보이고 있지만, 헨리 4세를 새로운 왕으로 받아들이는 그의 정치적 입장은 매우 확고해 보인다.

리처드에 대한 동정적 시각은 역사적으로는 요크 사가들의 입장이며, 셰익스피어의 수용사적 측면에서는 낭만주의 비평의 산물이다. 특히 후자는 성격비평의 득세와 맞물려 『리처드 2세』에 대한 비평과 공연에서 20세기 중반까지 정통의 자리를 지켜왔다. 하지만 르네상스 시대에 리처드는 실패한 왕의 전형으로서 주로 통치자들에게 경고를 주기 위한 부정적 사례(negative example)로 활용되었으며, 당시 반정부 논쟁가 로버트 파슨즈(Robert Parsons)에 의해서는 구체적으로 적법한 폐위의 한 사례로 주장되기도 하였다(Fritze 423). 이와 같은 맥락에서 셰익스피어도 그의 극에서 리처드를 실패한 왕의 한 사례로 제시하고 있다. 하지만 그를 한 개인으로서 인간화해 보여주고 있다는 점에서 셰익스피어는 누구보다도 리처드에 대해 깊은 동정적 시선을 던진다.

한편 볼링브루크는 사실상 불법적으로 리처드의 왕권을 찬탈한 인물이나 셰익스피어의 극에서는 적법한 방식으로 리처드로부터 왕권을 양도받는 것으로 그려진다. 리처드가 처음 양위를 언급하는 것은 병사들이 이미 다 해산된 뒤라 볼링브루크의 군대에 맞설 수 없다는 것을 인식한 때이다. 왕권신수설로 한껏 부풀어 올랐던 그의 허황된 사기는 갑자기

바닥으로 떨어지고 그는 양위를 언급하며 플린트(Flint) 성으로 간다. 이 부분은 원전과는 상당히 달리 극화되어 있어 면밀한 비교가 필요한데,[2] 주요 원전 중 하나인 홀린셰드의 『사기』에서 리처드는 먼저 콘웨이 (Conway)로 간다. 거기서 리처드는 볼링브루크가 보낸 사절인 노섬벌랜드와 만나 협의한 결과, 안전보장에 대한 약속을 받고 볼링브루크와의 회담을 하러 가게 되는데, 도중에 배반한 노섬벌랜드의 매복 공격을 받아 포로가 되어 플린트 성으로 끌려가게 된다. 그러므로 우리들은 배신의 이야기인 원전에서보다는 극에서의 볼링브루크에 대해 더 우호적인 느낌을 갖게 된다.

극에서 볼링브루크는 리처드에게 자신은 왕권에는 뜻이 없고 단지 상속자로서 자신의 재산권과 특권을 되찾기 위해 왔다고 일관되게 주장하고 있다. 그런데 리처드는 이 주장에 대해 다소 의아하게도 스스로 볼링브루크에게 왕위를 내주겠다고 말한다. 그러면 두 사람의 대사가 보여주는 불일치를 우리는 어떻게 이해해 할까? 리처드가 영민하여 볼링브루크의 의도를 이미 간파하였기에 이렇게 대응하는 것으로 보아야 할까? 하지만 그렇다 하더라도 허약한 리처드는 힘을 기반으로 하는 볼링브루크의 정치적 역동성에 굴복한 것으로 보인다. 여하튼 볼링브루크는 양위를 요구하는 말을 한 번도 표명한 바 없지만 리처드가 스스로 양위를 한다니까 당연한 듯이 그 제안을 받아들인다.

---

2. 이 부분에 대한 원전과 작품 간의 상세한 비교는 Jack Benoit Gohn. "Richard II: Shakespeare's Legal Brief on the Royal Prerogative and the Succession to the Throne." *George Town Law Journal* 70 (1982): 949-53, 968-72; Peter Ure. *King Richard II*. The Arden Shakespeare (London: Methuen, 1956) 105-06 참고

나아가 폐위 장면에서 그는 리처드에게 왕위를 순순히 양위하기로 하지 않았느냐고 되묻는다. 하지만 노섬벌랜드에게는 리처드로 하여금 자신의 실정에 대해 스스로 낭독하도록 더 이상 압박을 주지 말라고 한다. 볼링브루크는 한 번도 왕위를 차지하겠다는 의도를 말로 표명한 바가 없다. 그런데 우리는 그가 왕권을 차지하고자 하는 의도를 가지고 있었다는 것을 그의 말이 아니라 그의 행동을 통해 파악할 수 있다. 볼링브루크의 말과 행동의 불일치가 보여주는 애매모호함은 그의 성격적 특성으로 볼 수도 있지만 분명한 것은 의도적 애매모호함이라는 것이다. 극작법의 차원에서 보면 이는 폐위라는 정치적으로 매우 민감한 문제를 다루는 극작가 셰익스피어의 의도적 애매모호함으로 확장될 수도 있다.

폐위 장면은 셰익스피어의 정치적 견해를 살펴볼 수 있는 지점으로서 면밀한 검토가 필요하다. 특히 여기서 우리는 셰익스피어가 어떻게 역사를 이용하고 있는가를 살펴봄으로써 그의 정치적 입장을 유추해 볼 수 있다. 극에서는 리처드가 형식상 왕위를 양위한 것으로 되어 있고 그 방법은 의회에서 리처드가 스스로 왕관을 내놓은 것으로 설정된다. 이 폐위 장면은 논란이 되어 당대 공연과 출판 시에 검열에 의해 삭제되거나 축소되는 경우가 많았다. 그 후 이 극의 수용사에 있어서도 폐위 장면은 그 정치적인 여파를 우려해서 자주 삭제되었다. 예를 들면 셰익스피어 시대를 넘어 18세기 영국의 왕조에게도 이 부분은 민감할 수 있는 부분이었고 극단은 이에 대해 부담을 느꼈을 것이기 때문이다.

실제 역사에서는 볼링브루크가 리처드의 왕권을 찬탈한 것이 사실이다. 그런데 이 역사적 볼링브루크는 위원회를 조직하고 의회를 열어 매우 조심스럽게 이 문제를 처리해 나갈 계획을 세운다. 그는 의회를 열기 하루 전 위원들과 함께 런던탑에 유폐되어 있는 리처드를 찾아가 그의 죄목을 쓴 문서를 제시하며 서명과 함께 양위를 요구한다. 그리고 이 문서를 리처드가 부재한 가운데 의회에서 읽고 의회의 동의하에 리처드를 폐위한다.[3] 이 과정에 대해 기록한―아마도 일부 내용은 조작된 것으로 보이는―공식 문건은 랭커스터 사가들에 의해 채택되었고 후일 튜더 사가인 홀린셰드에 의해 충실하게 받아들여졌다. 그런데 셰익스피어가 참고한 원전 중 가장 대표적인 것이 바로 홀린셰드의 『사기』이다.

홀린셰드의 『사기』에서는 리처드의 공식 양위가 런던탑에서 이루어지며, 리처드가 역시 여기서 그에 대한 고발장에 서명을 한 것으로 되어 있다. 에드워드 홀(Edward Hall)이나 프루아사르도 런던탑에서 공식 양위가 이루어진 것으로 기록하고 있다(Ure 135). 하지만 셰익스피어는 그의 극에서 이 장면을 의회로 옮겨 놓는다. 실제 역사적 인물 볼링브루크는 반란이 일어날 것이 두려워 감히 리처드를 의회에 출두시켜 폐위할 수 없었을 것이다. 그러므로 위에서 기술한 바와 같이 볼링브루크는 런던탑으로 리처드를 찾아가 양위한다는 동의를 받고, 왕 자신의 실정에 대해 기술한 문서에 서명을 받아와 리처드가 부재한 가운데 의회에서 그 문서를 읽고 하원의 동의하에 리처드를 폐위한다. 하지만 셰익스피어는 극작가로서의 자유를 누리며 리처드의 폐위를 직접 의회에서 진행하는 방식으로 연출한다.

---

3. 리처드 2세의 폐위와 관련한 의회사는 Ronald Butt. *A History of Parliament: Middle Ages* (London: Constable, 1989) 446-50 참고.

여기서 의회는 역사적으로 중세의 의회라기보다는 엘리자베스 여왕 치세의 의회로 볼 수 있다. 노섬벌랜드는 리처드가 자신의 실정을 적은 문서를 낭독하지 않으면 하원이 리처드의 폐위에 동의하지 않을 것이라고 우려하며 리처드의 낭독을 종용한다. 이는 당시 증가하던 의회의 힘, 특히 평민의 대표인 하원이 가진 역량에 대한 인식이 반영된 듯이 보인다. 영국에서의 왕권은 현실적으로 절대왕권이라기 보다는 제한된 왕권이었다. 심지어는 가장 왕권이 강력하였던 헨리 8세 시대에서도 왕은 독단으로 권력을 행사하는 것이 아니라 조언자들의 충고를 들으며 통치해야 한다고 주장되었다(Sommerville 10, Wells 56-57). 영국에는 고대로부터 내려오는 법적 통치의 전통이 있다는 믿음이, 그것이 역사적으로 사실이든 아니든, 하나의 신화처럼 존재하였으며, 이는 현실세계에서 상당한 이념적 영향력을 발휘하였다. 그런데 중세 때부터 있어 왔던 왕과 조언자 즉, 왕과 의회의 관계는 헨리 8세의 치세에 와서 왕이 자신을 포함한 의회를 최고의 권력 기관으로 활용하면서 '의회 속의 왕'(the king-in-Parliament)이라는 개념으로 발전한다(Fritze 364). 사실 왕권신수설은 하나의 이념이었을 뿐 튜더 왕조 이래 영국의 정치권력은 왕과 의회 또는 왕과 신흥 상공인의 결탁이었으며 왕은 의회와의 관계 속에서 왕권을 행사하였다. 그러므로 법적통치가 자연스럽게 자리 잡게 되었다. 셰익스피어의 『리처드 2세』를 이러한 역사적 맥락에서 읽어볼 때, 셰익스피어는 폐위장면을 극화하는 가운데 튜더 시대 절대왕권의 이념과는 다른 새로운 왕직에 대한 생각을 제시했다고 볼 수 있다.

이 극은 당시 에섹스(Essex) 반란 사건과 연루되어 유명하기도 하다.

에섹스 일파는 반란 전날 아마도 폐위 장면이 포함된 이 극을 공연함으로써 반란을 위한 분위기를 조성하고 그들의 정치선전을 증진시키고자 하였다. 만일 에섹스의 반란이 성공했다면 셰익스피어의 극에서처럼 엘리자베스는 의회에서 리처드와도 같이 폐위되었을 가능성이 높았을 것이다. 그리고 에섹스는 스스로가 왕이 되지는 못하지만 왕을 만드는 자로서, 노섬벌랜드가 볼링브루크에게 그러하였듯이, 스코틀랜드의 제임스 6세를 영국의 왕위에 오르게 하는 사다리로 기여했을 지도 모른다. 엘리자베스가 후일 궁정 사가인 윌리엄 램바드(William Lambard)에게 "내가 리처드 2세이다. 네가 그것을 모르느냐?"라고 일갈한 대목은 이러한 에섹스 반란의 정황과 맥락을 고려할 때 가장 잘 이해될 수 있을 것이다.

그런데 극에서든 실제 역사에서든 볼링부르크가 법적 절차를 중시하고 있다는 점에 주목할 필요가 있다. 특히 셰익스피어는 그의 극에서 볼링브루크가 의회에서 직접 왕권을 양도받는 식으로 설정함으로써 법적으로 문제가 되지 않는 것처럼 만들어 놓았다. 그리고 합법적 폐위의 절차인 실정을 낭독하는 것을 리처드가 자신의 모습을 반영하고 있는 거울을 바닥에 던져 깨뜨리는 상징적 행위로 대신하게 하였다. 특히 셰익스피어는 법을 존중하는 군주인 볼링브루크의 모습을 불법적인 리처드와의 비교대조를 통해 보여주고 있다. 리처드는 불법적으로 곤트의 재산을 몰수하여 군비에 쓰고 총신들에게도 나누어 준다. 그리고 법에 의한 통치가 아닌 자의적 통치의 사례로 볼링브루크에게 추방 기간 중 4년을 일시에 면제해 주기도 하는데 리처드의 이러한 즉흥적 결정에 대한 비판은 "얼마나 긴 시간이 단 한 마디의 말에 달려 있는"(1.3.212)가 하며 개탄

하는 볼링브루크의 대사에 잘 나타나 있다.

4막 1장에 나오는 오멀과 피츠워터 등과의 결투 관련 대사들은 아마도 현대 무대에서는 거의 삭제되는 장면일 것이다. 이 장면에서 볼링브루크는 왕과 다름없는 권위를 가지고 합리적인 중재안을 내놓으며 결투 시일을 문제의 장본인인 노포크(모브레이)가 돌아오는 시점까지 미루기로 하는데, 유사한 송사에 처했던 리처드와 대비해 볼링부르크가 법적 통치의 사고방식을 가진 현실 통치자로서 얼마나 그 역할을 잘 수행해 나가고 있는가를 보여주는 사례로서 유용하다. 19세기 이래 현대에 이르기까지 새로운 정통을 형성한 리처드의 성격비평 전통에서 보면 이 장면은 중요하지 않은 군더더기지만, 당대의 정치적 맥락에서 볼 때는 극적으로 상당히 의미 있는 장면이라는 것을 알 수 있다. 그리고 5막 3장의 간청 장면은 볼링브루크를 엘리자베스 시대 군주의 귀감인 자비와 정의의 미덕을 겸비한 왕으로 인식하게 해 준다. 볼링브루크는 상황에 따라 자비심을 발휘해 용서할 줄도 알지만 또 반역자들을 추상같이 심판대에 올림으로써 정의를 실현하는 왕의 모습을 보여주기도 한다.

이 극의 마지막 장면은 현실 통치자로서 볼링브루크의 마카아벨리적 속성을 잘 드러내 보여준 압권이라고 할 수 있다. 엑스턴에게 은근히 리처드의 암살을 교사하였지만 막상 엑스턴이 왕을 살해하고 그의 시신이 든 관을 메고 오자 볼링브루크는 "독이 필요한 사람도 독을 사랑하지는 않으니, / 나도 너를 사랑하지 않는다"(5.6.38-39)라고 말하며 그를 영원히 추방시키고 만다. 이어 리처드 왕의 때 이른 죽음을 애도하는 성대한 장례식을 치르기로 하며 자신은 리처드의 죽음을 보속하는 순례의 여행을 예루살렘 성지로 떠나겠다고 말한다. 물론 이후 그의 말이 지켜지지는 않지만, 종교를 정치적으로 이용한다는 점에서 마키아벨리즘의 정수를 보여주는 볼링브루크의 정치적 행동이라고 할 수 있다.

물론 셰익스피어가 볼링브루크에게 왕위 찬탈의 죄과를 면제해 준 것은 아니다. 다음 작품들인 『헨리 4세 1부』와 『헨리 4세 2부』에서 헨리 4세로 등극한 볼링브루크는 끊임없는 내란에 시달리며 불행한 나날들을 살고 있으며, 아들인 핼 왕자(헨리 5세)에게도 아버지의 죄과는 부담으로 남아 있다. 하지만 셰익스피어가 왕직에 대해 논의하면서 적법하고 무능한 왕이 아니라 부적법하다고 해도 유능한 왕을 택하는 방식을 요크를 통해 보여 준다는 점에 우리는 주목할 필요가 있다. 왕직과 관련한 변화하는 정치적 패러다임을 고려할 때 요크를 기회주의적 정치인으로만 비난하기는 어려울 것 같다. 앞에서 논의한 폐위와 관련한 의회장면의 극화와 함께, 비록 리처드를 인간적으로 동정하지만 정치적으로는 볼링브루크를 지지할 수밖에 없는 요크에게서 셰익스피어가 이 작품을 통해 집요하게 탐색하고 있는 주제인 왕직에 대한 새로운 개념을 찾아볼 수 있다. 이러한 왕직에 대한 개념은 두 번째 4부작의 마지막 사극인 『헨리 5세』에서 더욱 발전해 나가는데 셰익스피어는 아진코트 대회전 전야의 왕의 독백과 전후 문맥을 통해 왕직은 천부적으로 물려받은 권한이라기보다는 하나의 역할이요 정치적 기능이라는 견해를 드러내 보이기도 한다.

3. 공연 및 수용사

　최초의 『리처드 2세』 공연 기록은 1595년 12월 9일로, 이날 로버트 세실 경(Sir Robert Cecil)이 에드워드 호비 경(Sir Edward Hoby)의 집에서 이 극을 본 것으로 되어 있다. 또 다른 공연이 1601년 2월 7일 글로브 극장(Globe Theatre)에서 있었다는 기록이 있는데 이는 에섹스 백작의 추종자들이 의뢰한 반란 전날 밤 공연이었다. 1607년 9월 30일에는 킬링 선장(Captain Keeling)의 함선에서 공연이 있었고, 1631년 6월 11일과 12일에도 글로브 극장에서 이틀간 연속 공연이 있었다("Richard II"). 셰익스피어 당대와 17세기 초반까지 이 극은 정치 논쟁극으로 이해되었으며, 1608년까지의 출판본에서 리처드의 폐위 장면이 삭제된 것은 바로 이 정치극으로서의 성격 때문이었다.

　왕정복고기에도 이 극은 정치적 의미를 띠고 있었다. 1680년 네이험 테이트(Nahum Tate)가 이 극을 드루리 래인(Drury Lane)에서 상연하였을 때 2회 공연을 마친 후 공연이 금지되었다. 테이트는 이 극의 이름을 『시실리의 찬탈자』(The Sicilian Usupers)로 하고 인물들을 이탈리아 인으로, 배경도 이탈리아로 바꾸었지만 검열을 피해가지는 못하였다. 1719년 루이스 시오볼드(Lewis Theobold)에 의해 이 극은 당대 취향을 반영해 원작에는 없는 사랑 이야기가 가미되는 방식으로 개작되어 검열에서 벗어났으며, 10회나 재공연 되는 등 다소간 인기를 누렸다. 하지만 1738년에 이르러 이 극은 코벤트 가든(Covent Garden)에서 셰익스피어의 원작대로 다시 공연되었으며, 이때 원작이 지닌 정치성도 논란을 불러일으킬 만큼 확실히 회복되었다(Dawson and Yachnin 80-82).

『리처드 2세』가 다시 주목을 받게 된 것은 낭만주의 비평가들에 의해서였다. 콜리지(Samuel T. Coleridge)는 무궁무진한 작가인 셰익스피어의 시적 재능을 예찬하며 『리처드 2세』를 좋은 본보기로 삼았다. 쉬레겔(A. W. von Schlegel)도 경솔하여 실수를 반복하지만 그런 실수를 통해 삶의 진실을 깨달아가는 인물로 리처드를 파악하였다(전준택 240). 19세기 말 유미주의 비평가인 월터 페이터(Walter Pater)는 리처드를 섬세한 시인으로 보았으며, 이런 그의 견해는 찰스 킨(Charles Kean)의 연출에서 리처드의 역을 맡은 배우에 대한 그의 감상적이고 동정적인 논평과[4] 궤를 같이 하고 있다. 다음으로 주목할 만한 공연은 1896년 초연되어 향후 17년간 수차례 반복된 프랭크 벤슨(Frank Benson)의 연출이다. 이 극을 본 몬터규(C. E. Montague)는 리처드는 결함이 있는 인물임에도 불구하고 최고의 시인으로서의 자질을 가진 인물이라고 논평했는데(Muir 234) 이는 페이터의 견해와 함께 향후 시인 리처드의 입장에서 이 극을 해석하는 전통을 만들어 나가는 데 기여했다.

1차 대전 후 『리처드 2세』는 인기 있는 극이 되었고, 올드 빅(The Old Vic)에서 여러 배우들이 리처드의 역을 연이어 맡아 공연하였다(Muir 235). 존 길구드(John Gielgud)는 1929년 올드 빅에서 리처드를 연기하였고, 1937에는 스스로가 연출하여 리처드를 연기하였다. 길구드의 리처드는, 페이터-벤슨의 전통에 따라, 감수성이 섬세한 사람으로서 처음에는 성급하고 허약해 보이지만 스스로가 자초한 불행이 증가하면서 명민함이 성장하는 모습을 보이는 인물로 묘사되었다(Dawson and

---

4. Muir 234 참고.

Yachnin 89). 1934년 올드 빅에서 리처드를 연기한 모리스 에반스 (Maurice Evans)는 1937년에 뉴욕에서 다시 리처드를 연기하여 엄청난 성공을 거두었는데, 미국 관객에게는 길구드의 공연보다도 더 호소력이 있었다(Muir 236). 이렇게 대서양을 사이에 두고 영미 양국에서 1937년 은 비극적 시인으로서 리처드를 연기하는 것이 새로운 정통으로 확립된 해였다(전준택 241). 『리처드 2세』는 셰익스피어 당대와 17세기 초반 그리고 왕정복고기까지도 리처드 2세의 폐위와 관련된 정치극이었다. 하 지만 낭만주의적 혹은 유미주의적 비평의 영향을 받아 작품의 정치성은 배제된 채 비극적 시인 리처드가 강조되는 새로운 전통이 정통으로 받들 어지는 현상이 나타나기 시작했으며, 이후 페이터-벤슨-길구드의 해석은 반세기 동안 정통으로 군림하게 된다.

2차 대전 후에는 급격한 사회적 변화와 함께 다양한 비평사조가 나 타났고 공연도 다양화되었다. 이러한 변화 속에서 1950년대에 이르러 '정통'으로부터 이탈하려는 시도들이 나타나기 시작한다. 1951년 마이 클 레드그레이브(Michael Redgrave)는 당시 유행하던 프로이드의 심리 비평에 근거하여 동성애적 시각에서 리처드와 그의 총신들의 관계를 묘 사하였다. 또 다른 연출가들은 작품 해석의 중심을 리처드에서 사극으로 옮기고 볼링브루크의 역할에도 비중을 두기 시작했다. 최초로 랭커스터 4부작-<리처드 2세>, <헨리 4세 1부>, <헨리 4세 2부>, <헨리 5 세>-을 연속적으로 무대에 올린 앤소니 퀘일(Anthony Quayle)의 1951년 공연에서는 볼링브루크의 등극과 노섬벌랜드에게 공연의 중심 이 놓였고 리처드는 별로 주목을 받지 못하였다(전준택 243-44).

1960년대부터는 실험적인 경향과 함께 실존주의적 해석이 『리처드 2세』 공연에 영향을 미치게 된다. 이러한 현상은 『우리 동시대인 셰익스피어』(*Shakespeare Our Contemporary*)로 유명한 얀 코트(Jan Kott)의 비평과 RSC(Royal Shakespeare Company, 로열 셰익스피어 극단)의 설립에 의해 더욱 강화되었다. 1964년 피터 홀(Peter Hall)과 존 바튼(John Barton)은 RSC에서 『리처드 2세』를 포함, 셰익스피어 사극 8편을 한 데 묶어 <장미전쟁>(*The Wars of the Roses*)를 공동 연출하였다(전준택 244). 여기서는 리처드 개인의 왕권의 상실보다는 그의 치세에 있었던 왕권의 찬탈이 향후 피비린내 나는 살육의 역사의 원인이 되었다는 것이 강조되었다. 그리고 리처드의 정적들만 폭력적인 것이 아니고 리처드 자신도 매우 폭력적인 것으로 묘사되었다. 볼링브루크는 공연 프로그램에서 새 사람, 정직한 사람 등으로 묘사되며 자신의 의지에 반하여 반란을 일으키는 것으로 되어 있다. 그러나 실제 공연에서 그는 부시와 그린의 처형 사례에서 보듯이 리처드에 못지않게 잔혹한 면을 보여준다. 어떤 정치인도 권력을 행사하는 가운데 잔혹해 질 수 있다는 것이 이 극이 관객에게 제시해 주고자 하는 메시지이다. 이러한 생각은 극의 의미를 단순화 시키는 면이 없지 않지만 코트가 그의 저서 『우리 동시대인 셰익스피어』에서 요약하고 있듯이 역사를 권력 투쟁의 거대한 메커니즘으로 보는 냉소주의적인 정치적 사고를 보여준다. 이 점에서 RSC의 <장미전쟁>은 1951년 전후 축제적 분위기에서 영국의 대 서사시라는 견지에서 제작된 퀘일의 랭커스터 4부작과는 분명한 대조를 이룬다(Dawson and Yachnin 99-100).

1970년대에도 RSC의 실험적인 연출들이 새로운 공연을 주도해 나 갔다. 이 시기에는 메타드라마적 기법을 활용한 존 바튼(John Barton)의 연출이 특기할 만하다. 리처드 파스코(Richard Pasco)와 이언 리처드슨 (Ian Richardson)이 번갈아 가며 리처드와 볼링브루크의 역을 맡는데 셰 익스피어 역을 맡은 배우가 두 배우 중 하나에게 리처드 역을 맡기면 다 른 배우가 볼링브루크의 역을 하기로 되어 있다. 함축하고 있는 의미는 두 인물이 유사하며, 그들이 처해 있는 위치가 그들을 그렇게 행동하게 만든다는 것이다(Dawson and Yachnin 90-91). 이러한 실험적 공연에 맞서서 BBC(the British Broadcasting Company, 영국방송)는 셰익스피 어 영화 시리즈를 기획해 길구드의 전통을 수호하고자 하였다(전준택 247). 1978년 BBC 셰익스피어 전작의 일부로 제작된 <리처드 2세>에 서는 데렉 제코비(Derek Jacobi)가 리처드로, 길구드가 곤트(Gaunt)로 출연하여 길구드의 전통을 이었지만 작품으로서 그 결과는 다소 실망스 러웠다는 평가를 받았다(Muir 241).

1980년대와 1990년대에는 포스트모더니즘에 입각한 다양한 실험이 시도되었고 주목을 받았다. 1981년 영 빅(The Young Big) 공연에서는 무 대가 1917년 러시아로 설정되고 리처드는 변화하는 세상을 알아채지 못 하고 있는 짜르로 등장한다. 또 1981년 동양적 극형식을 차용해 서구의 리얼리즘에서 벗어나고자 했던 아리안느 므누슈킨(Ariane Mnouchkine)의 연출이 큰 주목을 받았다(전준택 248). 그녀는 서구 연극의 심리학적 해 악을 비판하면서 아시아의 극들, 일본의 가부키(Kabuki), 노(Noh), 그리 고 인도의 카타칼리(Kathakali) 등의 형식과 다양한 방식의 음악을 활용하였다(Dawson and Yachnin 95). 한편 영국 셰익스피어 극단(The English Shakespeare Company)은 20여 년 전 RSC에서 공연하였던 장미 전쟁을 창작 순이 아니라 연대기 순으로 공연함으로써 리처드 2세의 몰락에서 리치몬드(헨리 7세)의 등극으로 나아가는 과정을 추적하는 가운데 이전보다 훨씬 더 정치적인 특성을 보여주었다. 1986년에서 1989년에 걸쳐 공연되었고 1989년에는 텔레비전 방송으로 제작된 7개의 극들 중에서 <리처드 2세>가 가장 보수적이고 가장 공식적인 극이었다. 장미전쟁의 역사를 이해하기 위해서는 내란이 시작된 <리처드 2세>의 공연은 필수불가결한 것으로 간주되었고, 그리하여 1989년 <리처드 2세>가 추가되었다. 연출을 맡은 마이클 보그다노프(Michael Bogdanov)는 웨스트민스터의 왕궁을 회의실로, 군주들을 의장들로 대체함으로써 이 극들을 대처 시대의 영국과 직접 관련지었다. 의상과 무대 설정에서도 절충적 방식을 택해 중세 갑옷에서 1980년대 펑크 록 가수 사이를 오갔으며, 대개 시간적인 흐름은 빅토리아 시대에서부터 현대 영국으로 나아갔다. 그리하여 <리처드 2세>의 시대 배경은 빅토리아 시대 직전인 섭정 시대(Regency)를 연상케 한다(Dawson and Yachnin 101-02). 또한 헨리 5세는 1차 대전 시 참호전을 지휘하는 장군의 모습으로, 리처드 3세는 컴퓨터가 놓인 책상 앞에서 일하는 모습으로 등장하는데, 이는 전쟁의 역사가 예나 지금이나 변함없이 반복되고 있음을 시사한다(전준택 248).

1991년대에는 론 대니얼(Ron Daniel)의 RSC 공연이 다소 특이한 형태이지만 정치성을 띠고 있어 주목 받았다. 리처드의 역을 한 알렉스 제닝스(Alex Jennings)는 큰 체구로 무대를 압도하는 독재자인 반면, 안톤

레서(Anton Lesser)가 역을 한 볼링브루크는 유약하고 수동적인 인물로 스스로가 원해서가 아니라 사악하고 야심적인 노섬벌랜드에 의해 권력을 추구하게 내몰리는 인물로 묘사된다. 이 극에서 유일한 비극적 인물은 오멀(Aumerle)인데 그는 젊은 이상주의자로서 리처드에게 시달리다가 밀어닥치는 사건들의 파도에 휩쓸려 결국 정신분열증을 보이는 상태로까지 전락하고 만다(Dawson and Yachnin 103).

1995년 영국 국립극장에서 있었던 데보라 워너(Deborah Warner)의 연출도 색다른 방식으로 정치성을 보여 각광을 받았다. 여기서는 피오나 쇼(Fiona Shaw)라는 여성 배우가 리처드의 역을 맡았는데 리처드는 과거에도 빈번히 여성적인 경향이 있는 인물로 묘사되었다. 하지만 연출 의도는 성이나 역할 바꾸기에 주목하기보다는 관객의 기대를 전복하는데 있는 듯했다. 이러한 전략은 극 내내 리처드를 유아로 회화해 묘사하는 방식에서 나타나기도 하는데, 가장 유명한 사례는 리처드가 죽은 왕들에 대한 슬픈 이야기를 하려고 땅바닥에 앉았을 때 엄지손가락을 빠는 장면이다. 리처드와 볼링브루크는 사촌 간으로 어린 시절 같이 놀이를 하며 보낸 사이로 설정된다. 리처드보다 힘이 더 센 볼링브루크는 놀이를 하며 리처드를 보호해 주고, 또 그가 이기게 해준다. 이러한 볼링브루크에게 리처드는 질투심과 사랑을 동시에 느끼고 있으며, 볼링브루크는 리처드가 왕이라는 사실 하나만으로도 그에 대한 존경심을 가지고 있다(Dawson and Yachnin 103-05, 전준택 250).

폐위장면에서 리처드는 볼링브루크에게 손바닥 치기 놀이를 하자고 한다. 볼링브루크는 거절함으로써 게임에서 진다. 또는 왕관을 취함으로써 게임에서의 상을 무의미하게 만든다. 리처드는 바구니에 담아 온 왕관을 바닥에서 들어 올려 볼링브루크의 머리 위에 고통스럽게 내리눌러 준다. 리처드가 알게 된 것은 이 모두가 허상이라는 것이고, 왕이 된다는 것에는 어떤 실체도 없는 것이라고 쇼는 말한다. 이 극에서는 이렇게 왕권의 이상이 해체된다. 리처드 역을 맡은 쇼가 여성이라는 것이 이러한 해체의 수단이 되기도 하는데, 여성에게 남성인 왕, 리처드의 역할을 부여하는 부적절함이 왕권의 이상을 철저하게 탈신비화하기 때문이다 (Dawson and Yachnin 105-06).

2000년대에 스티븐 핌로트(Stephen Pimlott)가 연출한 RSC 공연에서는 현대복장에 브레히트(Brecht)와 베켓(Beckett)의 느낌을 가미하여, 화려한 구경거리가 지배하던 정통 공연의 전통에서부터 이탈하였다(「『리처드 2세』」). 핌로트 이래 가장 성공적인 리바이벌은 2005년 트레버 넌(Trevor Nunn)의 올드 빅에서의 연출로 현대 복장과 현대의 정치적 삶의 장식들을 채택한다는 점에서 핌로트를 따라갔다. 현재 웨스트민스터 궁의 판자로 장식된 방을 연상케 하는 세트에서 케빈 스페이시(Kevin Spacey)는 애매하고 다정한 리처드의 역을 했는데, 볼링브루크의 추방과 그의 아버지 곤트의 재산 몰수라기보다는 1990년대에 상원의 개혁에 반대하는 보수당파와 직면한 듯한 느낌을 주었다. 이처럼 직접적인 시사성을 띠려는 움직임이 없을 때 리처드의 역은 옛날에 주로 하던 방식으로 되돌아가게 되었다. 하지만 시사적 접근이 분명한 대세가 되었으며, 리처드가 중심인물로서 서정적 대사를 읊조리는 비정치적인 미학적 연출이 흥행하던 시대는 이제 지나가버렸다(Dobson, "Richard II: a play for today").

2012년에는 BBC가 셰익스피어의 두 번째 사부작을 <공허한 왕
관>(The Hollow Crown)이라는 이름으로 영화화하였다. 이는 당해 하
계 런던 올림픽과 시기를 맞추어 열린 영국의 문화축전인 2012년 문화
올림피아드(the 2012 Cultural Olympiad)의 하나로 기획된 것이었다.
<리처드 2세>는 루퍼트 굴드(Rupert Goold)가 감독하였고 벤 위쇼
(Ben Whishaw)가 리처드 2세 역을 하였다. 굴드 감독은 성적으로 애매
모호하고, 유희적이며, 변덕스러운 면에서 리처드를 마이클 잭슨과도 같
은 인물로 보았으며, 수난을 당하는 리처드를 묘사하는 데서 예수의 수난
을 연상시키는 이미지들을 반복적으로 사용함으로써 원작에서 자기연민
에 빠진 리처드가 강박적인 집착을 보이고 있는 순교자 성향을 강조하고
있다(Dowling). 그리고 주로 스튜디오에서 제작된 기존의 BBC 영화와는
달리 현지 로케이션을 시도한 이 작품에서는 영화적 기법에 의한 시각적
효과가 극대화되었다(Lawson).

● 참고문헌

전준택. 「*Richard II*」, 『셰익스피어 작품 해설 (1)』. 서울. 범한서적주식회사, 2000.

「『리처드 2세』」, 『셰익스피어 연극사전』. 서울. 도서출판 동인, 2006.

Butt, Ronald. *A History of Parliament: Middle Ages*. London: Constable, 1989. Print.

Dawson, Anthony and Paul Yachnin ed. Introduction. *Oxford Shakespeare: Richard II*. Oxford: Oxford UP, 2011. 1-118. Print.

Dobson, Michael. "Richard II: a play for today." *The Guardian*. 25 Nov. 2011. Web. 25 Jun. 2016.

Dowling, Tim. "TV review: The Hollow Crown: Richard II; Dereck Jacobi on Richard II; Mad Mad World." *The Guardian*. 1 Jul. 2012. Web. 25 Jun. 2016.

Fritze, Ronald H, Sir Geoffrey Elton, and Walter Sutton, eds. *Historical Dictionary of Tudor England. 1485-1603*. New York: Greenwood P, 1991. Print.

Gohn, Jack Benoit. "Richard II: Shakespeare's Legal Brief on the Royal Prerogative and the Succession to the Throne." *George Town Law Journal* 70 (1982): 943-73. Print.

Gurr, Andrew. Introduction. *The New Cambridge Shakespeare: Richard II*. By William Shakespeare. New York: Cambridge UP, 2003. 1-49. Print.

Herman, Peter C. "'O, 'tis a gallant King': Shakespeare's Henry V and the Crisis of the 1590s." *Tudor Political Culture*. Ed. Dale Hoak. Cambridge UP, 1995. 204-25. Print.

Lawson, Mark. "The Hollow Crown: as good as TV Shakespeare can get?" *The Guardian*. 29 Jun. 2012. Web. 25 Jun. 2016.

Muir, Kenneth. Introduction, *The Tragedy of King Richard the Second*. By William Shakespeare. New York: Signet Classics, 1999. Print.

_____. "Richard II on Stage and Screen." Ed. Kenneth Muir. *The Tragedy of King Richard the Second*. By William Shakespeare. New York: Signet Classics, 1999. 232-42. Print.

Prior, Moody E. *The Drama of Power: Studies in Shakespeare's History Plays*. Evanston: Northwestern UP, 1973. Print.

Sommerville, J. P. *Politics and Ideology in England. 1603-1640*. London: Longman, 1986. Print.

Ure, Peter. ed. *King Richard II*. By William Shakespeare. The Arden Shakespeare. London: Methuen, 1956. Print.

Wells, Robin Headlam. *Shakespeare, Politics, and the State*. London: Macmillan, 1986. Print.

"Richard II," Wikipedia, Wikimedia Foundation, 26 June 2016. Web. 29 June 2016.

셰익스피어 생애 및 작품 연보

셰익스피어의 생애와 작품의 집필연대 중 일부는 비교적 정확히 기록되어 있는 자료에 의존할 수 있지만, 대부분은 막연한 자료와 기록의 부족으로 그 시기를 추정할 수밖에 없으며, 특히 작품 연보의 경우 학자들에 따라 순서나 시기에 차이가 있음을 밝힌다.

1564   잉글랜드 중부 소읍 스트랫포드 어폰 에이번Stratford-upon-Avon 출생(4월 23일). 가죽 가공과 장갑 제조업 등 상공업에 종사하면서 마을 유지가 되어 1568년에는 읍장에 해당하는 직high bailiff을 지낸 경력이 있는 존 셰익스피어와, 인근 마을의 부농 출신으로 어느 정도 재산을 상속받은 메리 아든Mary Arden 사이에서 셋째로 출생. 유복한 가정의 아들로 유년시절을 보냄.

1571   마을의 문법학교Grammar School에 입학했을 것으로 추정.

1578   문법학교를 졸업했을 것으로 추정. 졸업 무렵 부친 존은 세금도 내지 못하고 집을 담보로 40파운드 빚을 냄.

1579   부친 존이 아내가 상속받은 소유지와 집을 팔 정도로 가세가 갑자기 어려워짐.

1582   18세에 부농 집안의 딸로 8년 연상인 26세의 앤 해서웨이 Anne Hathaway와 결혼(11월 27일 결혼 허가 기록).

1583   결혼 후 6개월 만에 맏딸 수잔나Susanna 탄생(5월 26일 세례 기록).

1585	아들 햄넷Hamnet과 딸 쥬디스Judith(이란성 쌍둥이) 탄생(2월 2일 세례 기록).
1585~1592	'행방불명 기간'lost years으로 알려진 8년간의 행방에 관한 자료가 거의 없음. 학교 선생, 변호사, 군인, 혹은 선원이 되었을 것으로 다양하게 추측. 대체로 쌍둥이 출생 이후 어떤 시점(1587년)에 식구들을 두고 런던으로 상경하여 극단에 참여, 지방과 런던에서 배우이자 극작가로서 경험을 쌓았을 것으로 추측.
1590~1594	1기(습작기): 주로 사극과 희극 집필.
1590~1591	초기 희극 『베로나의 두 신사』(*The Two Gentlemen of Verona*) 『말괄량이 길들이기』(*The Taming of the Shrew*)
1591	『헨리 6세 제2부』(*Henry VI*, Part II)(공저 가능성) 『헨리 6세 제3부』(*Henry VI*, Part III)(공저 가능성)
1592	『헨리 6세 제1부』(*Henry VI*, Part I)(토머스 내쉬Thomas Nashe와 공저 추정) 『타이터스 안드로니커스』(*Titus Andronicus*)(조지 필George Peele과 공동 집필/개작 추정)
1592~1593	『리처드 3세』(*Richard III*)
1592~1594	봄까지 흑사병 때문에 런던의 극장들이 폐쇄됨.
1593	「비너스와 아도니스」(*Venus and Adonis*)(시집)
1594	「루크리스의 강간」(*The Rape of Lucrece*)(시집) 두 시집 모두 자신이 직접 인쇄 작업을 담당했던 것으로 추

정되며, 사우샘프턴 백작The third Earl of Southampton에게 헌사하는 형식.

챔벌린 극단Lord Chamberlain's Men의 배우 및 극작가, 주주로서 활동.

1593~1603 및 이후	『소네트』(*Sonnets*)
1594	『실수 연발』(*The Comedy of Errors*)
1594~1595	『사랑의 헛수고』(*Love's Labour's Lost*)
1595~1600	2기(성장기): 낭만희극, 희극, 사극, 로마극 등 다양한 장르 집필.
1595~1596	『로미오와 줄리엣』(*Romeo and Juliet*)
	『리처드 2세』(*Richard II*)
	『한여름 밤의 꿈』(*A Midsummer Night's Dream*)
	『존 왕』(*King John*)
1596	아들 햄넷 사망(11세, 8월 11일 매장).
	부친의 가족 문장 사용 신청을 주도하여 허락됨(10월 20일).
1596~1597	『베니스의 상인』(*The Merchant of Venice*)
	『헨리 4세 제1부』(*Henry IV, Part I*)
	스트랫포드에 뉴 플레이스 저택Great House of New Place 구입 (마을에서 두 번째로 큰 저택으로 런던 생활 후 은퇴해서 죽을 때까지 그곳에 기거).
1598	벤 존슨Ben Jonson의 희곡 무대에 출연.
1598~1599	『헨리 4세 제2부』(*Henry IV, Part II*)
	『헛소동』(*Much Ado About Nothing*)

『헨리 5세』(*Henry V*)

1599   시어터 극장The Theatre에서 공연하던 셰익스피어의 극단이 땅 주인의 임대계약 연장을 거부하자 '극장'을 분해하여 템즈강 남쪽 뱅크사이드 구역으로 옮겨 글로브 극장The Globe을 짓고 이곳에서 공연. 지분을 투자하여 극장 공동 경영자가 됨.

1599~1600   『줄리어스 시저』(*Julius Caesar*)

『좋으실 대로』(*As You Like It*)

1601~1608   3기(원숙기): 주로 4대 비극작품이 집필, 공연된 인생의 절정기

1600~1601   『햄릿』(*Hamlet*)

『윈저의 즐거운 아낙네들』(*The Merry Wives of Windsor*)

『십이야』(*Twelfth Night*)

1601   「불사조와 거북」(*The Phoenix and the Turtle*)(시집)

아버지 존 사망(9월 8일 장례).

1601~1602   『트로일러스와 크레시다』(*Troilus and Cressida*)

1603   엘리자베스 여왕 사망(3월 24일). 추밀원이 스코틀랜드의 제임스 6세를 잉글랜드의 제임스 1세로 선포.

제임스 1세 런던 도착(5월 7일) 후 셰익스피어 극단 명칭이 챔벌린 경의 극단에서 국왕의 후원을 받는 국왕 극단King's Men으로 격상되는 영예(5월 19일).

제임스 1세 즉위(7월 25일).

1603~1604   『자에는 자로』(*Measure for Measure*)

『오셀로』(*Othello*)

1605   『끝이 좋으면 다 좋다』(*All's Well That Ends Well*)

『아테네의 타이먼』(*Timon of Athens*)(토머스 미들턴Thomas Middleton과 공동작업)

1605~1606	『리어 왕』(*King Lear*)
1606	『맥베스』(*Macbeth*)
	『안토니와 클레오파트라』(*Antony and Cleopatra*)
1607	딸 수잔나, 성공적인 내과의사인 존 홀John Hall과 결혼(6월 5일).
1607~1608	『페리클레스』(*Pericles*)(조지 윌킨스George Wilkins와 공동작업)
	『코리올레이너스』(*Coriolanus*)
1608~1613	제4기: 일련의 희비극 집필.
1608	셰익스피어 극장이 실내 극장인 블랙프라이어스Blackfriars 극장을 동료배우들과 함께 합자하여 임대함(8월 9일).
	어머니 메리 사망(9월 9일 장례).
1609	셰익스피어 극장이 블랙프라이어스 극장 흡수, 글로브 극장과 함께 두 개의 극장 소유.
1609~1610	『심벌린』(*Cymbeline*)
1610~1611	『겨울 이야기』(*The Winter's Tale*)
	『태풍』(*The Tempest*)
1611	고향 스트랫포드로 돌아가 은퇴 추정.
1613	『헨리 8세』(*Henry VIII*)(존 플레처John Fletcher와 공동작업설)
	『헨리 8세』 공연 도중 글로브 극장 화재로 전소됨(6월 29일).
1613~1614	『두 사촌 귀족』(*The Two Noble Kinsmen*)(존 플레처와 공동작업)

1614~1616	말년: 주로 고향 스트랫포드의 뉴 플레이스 저택에서 행복하고 평온한 삶 영위.
1616	둘째 딸 쥬디스, 포도주 상인 토마스 퀴니Thomas Quiney와 결혼(2월 10일).
	쥬디스의 상속분을 퀴니가 장악하지 않도록 유언장 수정(3월 25일).
	스트랫포드에서 사망(4월 23일. 성 삼위일체 교회 내에 안장).
1623	『페리클레스』를 제외한 36편의 극작품들이 글로브 극장 시절 동료 배우 존 헤밍John Heminge과 헨리 콘델Henry Condell이 편집한 전집 초판인 제1이절판으로 출판됨.
	아내 앤 해서웨이 사망(8월 6일).

옮긴이 **황효식**

한양대학교 영문학과. 동 대학원 석사. 미국 Univ. of Nebraska-Lincoln 박사
영국 Univ. of Reading, 미국 Univ. of Nebraska-Lincoln 방문학자
한국셰익스피어학회 부회장
현재, 충북대학교 인문대학 영문과 교수

논문 "Does Shakespeare 'Remain as Neuter'?: The Deposition of Richard II and the
Dramatist's Use of History", "Pro-war or Anti-war: the Henry V Controversy and
the Historical Shakespeare", "The Double Damnation of Othello, a Christian
Moor",「셰익스피어와 영국의 법적 통치 전통: 로마 사극과 그 역사적 문맥」,「『햄릿』과 영
국의 종교개혁」,「르네상스 시대의 내적 자아와 셰익스피어의 비극적 인물들」,「민족시인의
형성: 왕정복고기와 18세기 영국의 셰익스피어」

저서 『셰익스피어 연극사전』(공저), 『문학의 교육, 문학을 통한 교육』(공저), 『교양으로 읽는 영
미문학』(공저)

리처드 2세

초판 발행일 2016년 12월 30일

옮긴이 황효식
발행인 이성모
발행처 도서출판 동인
주 소 서울시 종로구 혜화로3길 5 118호
등 록 제1-1599호
TEL (02) 765-7145 / FAX (02) 765-7165
E-mail dongin60@chol.com
ISBN 978-89-5506-739-2
정 가 10,000원

※ 잘못 만들어진 책은 바꿔 드립니다.